_____가

_____ 에게

_____ 마음으로 드립니다 ♥

_____ 년 __ 월 __ 일

힘내, 17살

오충용 지음

SNOWFOX

나는 어떻게든 해내는 모습을
보여주기로 약속했다.

백날 이런 거야! 저런 거야! 가르치는 데 그치지 않고
'어떻게 하면 아이들이 어려워도 포기하지 않을까'를
고민하다 내린 결정이었다.

남들이 안 된다고 말려도 첫 마라톤을 완주하고
발목 인대가 3개 파열되는 부상에도
기나긴 재활 끝에 100kg의 몸을 이끌고
세계에서 가장 힘든 마라톤 중 하나인
257km 사하라 사막 마라톤을 완주했다.
그리고 몇 달 뒤 장학금을 마련하기 위해
정글 마라톤 64km을 완주했다.
지금은 학생들과 함께 서울 마라톤을 하며
베이비박스 단체에 기부하는 활동을 이어가고 있다.

이제는 아이들을 만날 때마다 이렇게 이야기한다.

"
얘들아,
목표를 개똥으로 여겨!
그까짓 거
컵내지 말자고!
"

호~오~~
토닥토닥~~

"응애!!" 하고 울면서 호기롭게 세상에 나왔지만
할머니가 기뻐하니 웃었고,
엄마가 좋아하니 한글을 익혔고,
형에게 맞지 않으려고 눈치껏 행동하고
선생님께 인정받기 위해 보여주기식의 공부를 했다.

'**내**' 인생인데 정작 '**나**'는 없었다.

초등학교 때부터 시험을 보면서
나의 '존재'보다는 '시험 점수'로 등수가 매겨졌고
똑똑한 아이, 똑똑하지 않은 아이로 구분됐다.

그림 그리는 것을 좋아해 집중력이 부족하고 산만한 아이로,
궁금한 걸 참지 못해 이유를 묻는 통에
반항하는 아이로 평가받은 나다.

"너 사회에
불만 있냐!!"

하지만 나만의 별난 짓,
내가 애써 없애려 하던 습관,
학교에서 놀림받았던 행동은
누구도 따라잡지 못할 나만의 장점일 수 있었다.

그리고 그걸 이제야 깨닫는다.

높은 등수가 더 나은 삶을 살 수 있게 해준다고 배웠으니
성적 올리기에 모든 노력을 쏟았다.
그렇게 대학을 위해, 직업을 위해, 부모님의 요구에 의해 공부했고

성적이 좋지 않을 때는

'모두 널 위해서 하는 말이야'로 시작되는

가슴 따뜻한 팩트폭행과 잔소리를 들어야 했다.

고등학생이 되고 보니 내신과 수능으로 머리가 터질 것 같은데

생활기록부에 채워야 할 것은 산더미였다.

혼자 감당해야 하는 나였으니 눈물깨나 흘렸다.

중간고사가 끝나면 기말고사 준비로 바빴고

더 좋은 대학을 가면 행복해질 거라 믿으며

막연한 기대감에 빗대 목적 없는 노력을 반복했다.

이렇게 반짝이는 나의 10대는 흘러가고 있다.

아.. see

도대체!
대학 갈 때까지만 참으라는 말은
누구 생각이야?

실제 대학에 갔지만 대학은 스펙 쌓기라는 또 다른 경쟁을 하는 전쟁터였다.

무지 비싼 등록금을 내가며 4년 동안 온통 '경쟁'을 했지만

막상 취업할 때 보니 '경쟁력'이 없었다.

왜일까?
그건 성적 중심의 사회 시스템보다 더 답답한 게
바로 '나'였기 때문이다.
"내 인생인데 목적의식을 갖고
내 의지를 품고 한 게 하나도 없었으니까."

늘 다른 사람이 해주는 말대로,
다른 사람 눈에 그럴듯하게 보이기 위해,
다른 사람에게 과시하기 위해,
다른 사람을 만족시키기 위해,
기대하는 평균치에
나를 가두며 살았던 탓이다.

내 인생은 그 누구도 아닌 내 것이고
책임도 내가 져야 하는 거였는데 말이다.

헉거덕!
그걸 이제야
알다니!!

그걸 깨닫는 순간
다시 대학에 들어가 내가 하고 싶은 일들을 시작했다.

그리고 그때부터
진짜 내 인생이 시작되었다.

당당하게 웃고 함께 나누고 즐길 수 있는 일이
천만 배는 더더더 중요하다는 것을 배운 것이다.

변변치 못한 나의 이야기가

어려운 환경에도 불구하고

묵묵히 노력하는 학생들에게

조금이나마 위로와 희망이 되기를 바란다.

10초만 내어 목차만이라도 읽어주면 좋겠고

읽다가 궁금한 부분만 읽어줘도

더 바랄 게 없겠다.

이제 시이~작^^

짝짝짝짝짝~~!!!!!

꼬들한 식감의 면을 위해 끓는 물에 5분을 넘지 않게 삶는다.   **1단계:**

    2단계:

    3단계:

시작은 미약했으나,
끝은 창대하리라

(1)
나를 찾아서

휴대폰이나 지갑을 잃어버리면 떨리는 심장을 부여잡고
온 동네를 헤매고 다니잖아.
근데 정작 자기 마음을 잃고서는 찾을 생각조차 하지 못하는 거 같아.

교복은
내 몸에 딱 맞게 수선해도
나에게 꼭 맞는
꿈을 찾는 데는
인색하잖아.

옷에 음식물이 튀면 혹여 지워지지 않을까봐
곧바로 빡빡 문지르면서
마음의 얼룩은 그냥 두지.

정말 소중하고 지켜야 할 것은 내 마음인데 말야.

눈에 보이는 것에 점점 더 신경 쓰다 보니
'내'가 어떻게 느끼는지보다
'남'이 나를 어떻게 생각하는지를 더 중요하게 여기고 있지는 않니?

습관처럼 내 선택을 나도 못 믿는 게 돼버리는 거야.

작은 선택조차 스스로 하지 않으니
뭘 먹을지 고를 때도 불안해서 선택권을 넘겨버리게 된다니까.

특이한 헤어스타일, 나만의 스타일이 있어서
나다운 게 아니라
나를 잘 알고 스스로 판단하고 결정할 수 있어야
나다운 거거든.

옆에 스티브 잡스 엉아가 있다고 해도
무조건 따라가면 안 돼.

나를 싫어하는 사람을 무서워하지 마.
진짜 내 모습이 더 중요한 거 아냐?

지금은 서툴러도 돼.
너에겐 시도할 자유뿐 아니라 실수할 자유도 있고
그 속에서 배우고 경험하면 돼.

우리에게 절실히 필요한 건
우리를 증명할 대학교 이름이 아니라

누구에게도 증명할 필요 없는 나 자신이 되는 거니까.

(2)
호구가 되지 말자

> ❝
> 길을 아는 것과
> 그 길을 걷는 것은 다르다.
> ❞

남에게 자주 이용당하는 사람을 호구라고 하잖아?
원래 호구란 범의 아가리라는 뜻인데
어수룩해서 이용하기 좋은 사람을 뜻해.

근데 너 그거 알아?

✳

해보지도 않고
남이 한 얘기를 진실인 것처럼 믿고
행동하는 경우도 호구라는 거.
내가 경험한 것이어야만 정확히 알 수 있고 흔들리지 않는 거야.

그동안 남들 얘기만 듣고
정작 내가 뭘 좋아하는지 잘 몰랐다면

지금이야말로
정말
나만을
생각할
때야.

소중한 나.. 🖤

"

하고 싶은 걸
찾아내는 게야!

"

그게
뭐든
!!

(3)
많이 웃자

'거울은 먼저 웃지 않는다.'

일본의 유명한 만담가인 우쓰미 게이코의 좌우명인데
내가 웃어야만 상대가 웃는다는 뜻이야.

세상은 내가 바라보는 거울이기 때문에
내가 기쁘면 세상이 아름답게 보이고
내가 울면 세상도 슬프게 보여.

그래서

하루를 즐겁게 살고 싶을 때
가장 좋은 방법은 먼저 웃는 거야.

어쩌면 하루에는
화낼 일이 더 많고
불공평한 일도 많고
웃을 일은 별로 없어.

오늘부턴 네가
보다 자주 웃을 수 있는
하루를 보내면 좋겠어.

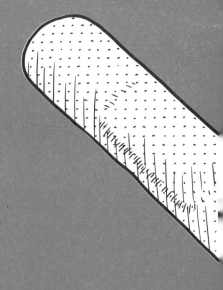

그렇다고 너의 생활 다 제쳐두고
느긋하게만 살아라, 뭐 그런 뜻은 결코 아니야,
그저 지금보다 조금만 더 웃으며 지내면
좋겠다는 말이야.

너의 어린 날은 너무 소중해서
내키지 않는 것들로 채우기엔
너무 아까우니까.

너는
소중하니까~~

(4)
나는 작품이거든

동일한 환경에서 일련의 테스트를 거쳐
똑같은 목적을 갖고 만들어진

'제품'

3억이 넘는 경쟁률과

상상을 초월하는 출산의 고통을 거쳐

각자 다른 목적을 갖고 태어난

작품

바로

너!

너 자신을
교복만 입고 학교에 왔다 가는
제물으로 다루지 말아줘.
성적이 낮다고
불량품이 아니라고!

아이큐가 지혜를 측정할 수 없고,
친구의 숫자가 관계의 깊이를 증명할 수 없으며,
집의 평수가 가족의 화목함을 보장할 수 없고,
성적이 그 사람의 인격을 대변할 수는 없으니
진정한 가치는 숫자로 측정되지 않아.

물고기를 산에 오르는 능력으로 평가한다면
물고기는 평생 자신이 부족하다고 여기며 살게 될 거야.

너는 '작품'이고
눈에 보이지 않는 가치를 갖고 있어.

모방한 것이 아니기에
그 자체로 '감동'인 존재가

바로!
너
라구!!

내가 아닌 모습으로
사랑받느니
차라리 있는 그대로의
내 모습으로 미움받겠다.

-커트 코베인

(5)
공부하기 힘들지?

주말이나 공휴일에는 공부 걱정에
편히 쉬지도 못하고(ㅠ.ㅠ)
감기 걸려도 편히 눕지 못하고(ㅠ.ㅠ)
많이 시달렸지?

많이 힘들었겠다.
마음고생 많지?

열심히 해야 하는 게 맞지만, 피곤하면 숨 돌릴 필요가 있고
강해져야 하지만 그렇다고 일부러 강한 척할 필요까지는 없어.
책임감 때문에 질식할 때까지 스스로를 방치하지 마.
오히려 그건 널 위한 게 아니라 자신을 학대하는 거니까
때론 조금은 이기적이어도 괜찮고, 무책임해도 돼.

가장
소중한 건
바로
너니까.

THANK YOU.

일만하고 휴식을 모르는 사람은
브레이크가 없는 자동차 같아서
위험하기 짝이 없다.
또한 일할 줄 모르는 사람은
모터가 없는 자동차 같아서
아무 소용이 없다.

-존 포드

(6)
왜 하기 싫을까

왜 그럴 때 있잖아.
열심히 공부하고 있는데
어느 순간 집중이 안 되더니
바로 옆
휴대폰이 딱 보이기 시작했을 때 말야.

공부만 빼면 무엇을 해도 다 재밌는 순간이랄까.

나는 시험기간에
벽만 쳐다보고 있었는데
그것조차 재미있더라.

누구나 다 그래
누구나 다 힘들고
다른 사람들도 같은 과정을 겪고 있어.

나도 책을 쓰는 게 너무 힘든데 왜 힘들까 들여다봤더니
재미도 없고 실력도 없는 것도 맞지만
'잘 써야 한다는 부담감' 때문이더라고.

하고 싶은 말의 핵심을 정하고
사실대로 그냥 쓰면 되는데
괜히 한 줄이라도 멋지게 쓰고 싶어서
생각만 하니까 결국 미루고 못 쓰게 되는 거지
그럴 땐 그냥 쓰는 게 답이야.
그리고 고쳐 나가면 되니까.

공부도 마찬가지인 것 같아.
지금 나에게 무슨 공부가 필요한지 우선순위를 정하고 그냥 하면 되는데

괜히 결과에 집착해서 걱정만 하거나
열심히 푼 문제를 채점했는데 왕창 틀리면
괴로운 감정만 남게 되니
다시는 공부가 하고 싶지 않은 거야.

얼마 남지 않은 시간에 쫓길 때는
효율적인 공부법을 찾으려는 노력에 빠지기 쉬운데,
누군가가 완벽한 공부법이 있다고 말한다면
그건 거짓이고 사기야.
그게 아니라도 그건 그 사람에게나 완벽한 거지
네 삶에 완벽하게 적용되는 것은 아니니까.

빌 게이츠가 대학을 자퇴했다고 해서
나도 자퇴하는 게 정답이 아니듯

상황에 따라 정답은 바뀌고
정답은 오답이 될 수도 있으니
걸러내다 보면
나만의 정답을 찾게 될 거야.

얼마 전 인터넷에서

'오늘 공부는
이제 그만하고 쉬자.
어차피 오늘 밀린 공부는
내일의 내가 할 거니까'

라는 글을 봤는데

오늘 내가 하지 않은 일을 내일 하면 되는 게 아니라
내일은 더 큰 문제가 되어 돌아올 거야.

그러니
미루지 말고
오늘 해야 할 것들을
하나씩 해결해 나가자.

인간사에는 안정된 것이
하나도 없음을 기억하라.
그러므로 성공에 들뜨거나
역경에 지나치게
의기소침하지 마라.
-소크라테스

"

누군가
완벽한 공부법이
있다고 말한다면

"

그건 거짓이고 사기야!

"

직업에 귀천은 없지만
차별은 있습니다.

"

공부라는 것은
자기 자신을 지킬 수 있는
가장 강력한 수단이자
무기입니다.

-공신닷컴 강성태

(7)
때론 노력이 배신해도

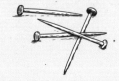

나는
노력하면 반드시 성공한다는 말을
신앙처럼 품고 살아왔어.
하지만 노력은 나를 자주 배신했고,
노력을 하지 않고도 많은 것을
갖는 사람을 보면 늘 배가 아팠지.
나만 빼면 다 잘 사는 것처럼 보이고
외톨이가 된 기분이 들어서
그래서 늘 힘들어했던 것 같아.

누구는
수백 번 오디션을 봐도 가수로 데뷔조차 힘들고
데뷔한다 해도 장담할 수 없는 게 성공이지만
BTS의 뷔는
오디션 볼 생각도 없이
학원에서 친구.따라갔다가
데뷔를 한 것도 모자라
빌보드 뮤직 어워즈에서 2관왕을 하고
웸블리에서 성공적인 공연을 이어나갔지.
방탄의 노력은 실로 어마어마하지만
그들조차 그렇게 잘될 줄은 몰랐대.

부모님들 말이,
첫째는 애지중지 키우고
둘째는 신경을 많이 못 썼는데
둘째가 공부도 더 잘하고
말도 더 잘 듣는다는 말을 많이 듣곤 해.
처음에는 이해가 안 됐지만
반드시 노력의 양이
성공의 결과와 똑같지 않다는 것을
인정하고 나서야 이해가 되는 거야.

확실히 인생은 게임과는 달라서
미션을 성공한다고
반드시 약속된 만큼의 보상을 주는 것은 아니야.

그렇다고
노력하지 않고 포기하라는 얘기가 아니야
노력과 열정은 여전히 가치 있고,
삶을 한 걸음 한 걸음 전진하게 해주는 유일한 무기니까.
다만,
노력만을 강요하거나 과도하게 집착하면 안 된다는 말이지.
시대가 변했다면 살아가는 법, 성공하는 법, 노력하는 법도
시대에 맞게 변해야 하니까

옛날 신라시대 때는
골품제로 이미 태어날 때부터
신분이 정해져 있어서
당나라에 가서 유학했던 당대의 엘리트 최치원조차
좌절을 맛봐야만 했어.
그런 게 진짜 아무리 노력해도 안 되는 거고

지금은
유튜브 영상 하나만으로도
하루아침에 스타가 될 수 있는 세상이잖아.
전쟁 때문에 먹을 게 없어서
굶어 죽는 것도 아니잖아.

학생들의 장래희망 1위가
유튜버나 크리에이터이지만
그걸 부러워만 하는 아이가 있고
실제 영상을 찍기만 하는 아이가 있고
부끄럽지만
자신의 채널에 올려 보는 아이가 있어.

안 된다고 단정짓기보다
한 번쯤은
모든 걸 걸고 정말 최선을 다해보는 거야.
미쳤다는 소리를 들어볼 정도로.

**우린 어리기에
가난한 사람이 아니며
우린 어리기에
불쌍한 사람이 아니다.**

지금 어떤 모습이어도
시간을 통해 변할 수 있는 기회를 가졌으니까.

노력이 우리를 배신하기도 하고
모든 게 내 생각대로 되진 않지만
헛된 노력은 없고
노력은 결국 실력이 될 테니까.

내가 생각지도 못한 일들이 일어날 테니까.

오늘 하루 더

"
한 뼘 더
행복해지기!
"

(8)
걱정은 내려놓자

공부를 많이 하면 공부가 늘고
운동을 많이 하면 운동이 느는 것처럼
걱정하지 말자 더 이상 걱정이 늘지 않게.

절대로 발생하지 않을 사건에 대한 걱정이 40퍼센트,
이미 일어난 사건에 대한 걱정이 30퍼센트,
사소하거나 바꿀 수 없기에 신경 쓸 필요가 없는 걱정이 26퍼센트,
우리가 바꿀 수 있는 사건에 대한 걱정은 고작 4퍼센트.

결국 우리가 하는 걱정의 96퍼센트가 불필요한 걱정이다.

걱정을 뜻하는 Worry에는
'사냥개가 짐승을 물고 흔들다'는 의미가 있다.

실제로 쓸데없는 걱정이 습관이 되면
나의 삶을 물고 흔들어 놓는다.
그래서 걱정을 '느린 자살'이라고 표현한다.

걱정의 대부분은
지금 실제로 생긴 일이 아니라
미래에 어떤 일이 벌어질지도 모른다는 착각이다.
그런데도 인생의 대부분을 그렇게 걱정하다가
마음의 평화나 기쁨도 잃은 채 죽어간다는 것이다.

그러니까 당장 무슨 일이 일어나서 힘들기보다는
스스로의 생각으로 날 괴롭혀서
놓치고 있는 즐거운 일이 많다.
어떤 생각이든 반복해서 자꾸 생각하면
심각하고 큰 생각으로 변하게 된다.
그러나 그 걱정은 내일의 슬픔을 덜어주는 것이 아니라
오늘의 힘을 앗아갈 뿐이다.

그러니 일어나지 않을 미래에 대한 걱정이나
과거의 안 좋은 이야기를 당장 끊어버리자.

오늘은 새로운 이야기를 쓸 차례니까.

걱정을 해서
걱정이 없어지면
걱정이 없겠네

-티베트 속담

"

지금 냉장고로 가봐!
눈에 보이는
가장 맛나 보이는 걸
확 잡아!

"

우걱우걱.....
꿀꺽!
우걱우걱....
꿀떡!
냠냠..
쩝쩝..

ㅋ ㅓ 억~~

어때?
기분 좋아졌지?

"

작년 기말고사
수학 서술형 2번 문제!
그거 틀렸던 거 기억나?

"

뭐라고? 기억 안 난다고?
왜?
왜?!
그거 틀렸다고 엄청 걱정했잖아!
세상 끝난 것처럼..ㅋㅋㅋㅋ

거봐~

기억 못 할 거면서...
지금 그 일도 마찬가지라니깐^^

(9)
꿈을 크게 갖고

입상을 목표로 한 사람과
1등을 목표로 한 사람의 연습시간은
다를 수밖에 없다.

그러니까
한계를 낮출수록 결과는
낮아지게 마련이다.

나는 사막에서 257km를 뛰겠다고 목표를 세웠을 때
한 번 운동할 때마다 30km씩 뛰었다.
학생들과 10km 마라톤을 목표로 할 때 뛰던 거리의 10배였다.

그 결과
체력은 어느 때보다 좋아졌지만
이후에 목표가 줄어든 만큼 열정도 줄어들었다.

비행기 조종사에게는 하늘이 끝이지만
우주비행사에게는 하늘부터 시작이라는 말이 있다.

그러니
다른 사람이 비웃을 만큼의 커다란 목표를 갖자.

남들이 허무맹랑하게 보거나
말리거나 포기한 일을 이룰 때,
얼마나 황홀할지는 말할 필요가 없다.

만약
너무 큰 목표에 지쳐 가다가 멈춘다 해도
간 데까지는 이익이다.
꿈은 깨져도 그 남은 파편은 엄청나다.

나는 네가 꿈에 눈이 멀었으면 좋겠다,
시시한 현실 따위 보이지 않을 정도로.

가슴만 뛰는 꿈이 아니라
가슴도 뛰고 몸도 뛰어서 성취를 느꼈으면 좋겠다.
그래서
어떤 상황이 와도
너의 신념을 망가뜨릴 수 없게

그리고 큰 꿈을 이룬 뒤
'지금까지의 나는 정말 많이 노력해 왔구나'
라고 느낄 수 있도록 말이다.

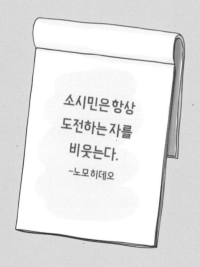

소시민은 항상
도전하는 자를
비웃는다.
-노모 히데오

그러나 비범함의 시작은 언제나 작은 한걸음에서 시작된다.

(10)
불가능한 일과

자전거 타는 법을 배울 때
네발 자전거에서 보조바퀴를 떼는 과정이
두려움 가득한 일이고,

행여 외발 자전거만 남을지라도
주어진 상황을 탓하기보다는
불편한 안장에 올라타자.

넘어지는 것을 두려워하면
아무것도 얻을 수 없으니

중심 잡기가
몇 배는 더 힘들어도,
포기하지 않고 끝까지 해내
세상을 감동시키자.

많은 사람은 말한다,
그 일은 불가능하다고.
많은 사람이 실패를 예언하는 데 도사다.

많은 사람이 말한다,
온갖 위험이 도사리고 있다고.

하지만 누군가는
언제나 다른 누군가가
불가능하다고 말한 일을 하고 있다.

걱정만 하기보다
불가능하다는 그 일과
씨름하겠다.

넘어갈 수 있다.
넘어갈 수 있다.
넘어가야 한다……

허무맹랑한 꿈을 꿔봐!
이를테면 이런 꿈?

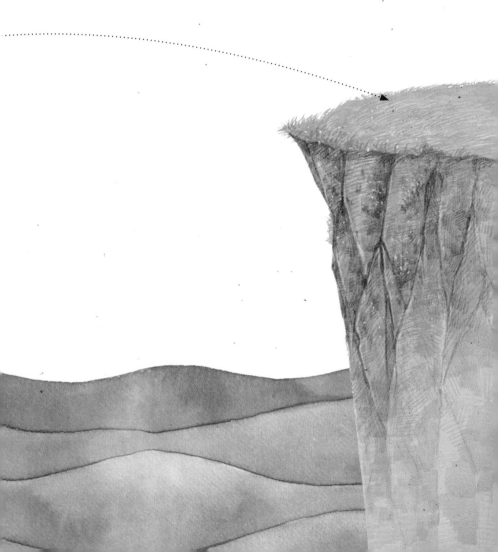

(11)
인생은 셀프니까

고등래퍼 우승자 김하온은 자퇴계획서를 작성해서 부모님을 설득했대.
김하온은 중학교를 졸업할 때
이미 고등학교는 의미가 없다고 생각했다지 뭐야.

하지만 '내가 원하지 않은 경험이라도
그 안에서 배우는 게 무조건 있다'고 생각해서
스스로 고등학교 1년을 다닌 후에야
철저히 계획을 세워 자퇴를 한 거래.
자신의 마음을 따르면 석어도 남을 탓할 일은 없으니까.

고기도 먹어본 놈이 맛을 안다고
삼겹살만 평생 먹으면
다른 부위 맛을 알 수 있겠어?

우리는 모두 성격도 다르고
좋아하는 것도 다르고 관심 분야가 다르잖아?

그러니 공부도 똑같은 방식으로 할 수 없는거지.

키가 자라는 속도가 모두 다르듯
이해하는 능력도 다르니까.

여준영 님의 칼럼 속
개미와 베짱이 이야기를 보면
개미는 베짱이가 불쌍해서 겨울 동안 밥을 줬지만
다시 따뜻해졌는데도 베짱이는 놀기만 한 거야.

개미는 베짱이에게 일을 해야 한다고 여러 번 타이르며 말했어.
이웃 벌레들과 함께 음식을 모아
베짱이에게 주면서 설득했지만 소용이 없었지.

그때 한 개미가 열심히 일해 모은 돈으로 산

61년산 깁슨 기타를 보여줬더니

그날 이후 베짱이의 머릿속에 온통 깁슨 기타 생각으로 가득 차서는

그 어떤 개미보다 더 열심히 일하기 시작했다는 거야.

기타 마니아들에게는 그 기타가 꿈의 기타거든.

나도 그랬던 거 같아.

옛말에 '말을 물가로 끌고 갈 수는 있지만
억지로 물을 마시게 할 수 없다'는 말이 있어.
대신 갈증을 느끼게 하면 스스로 마실 물을 찾으려 노력하게 되고
결국 구하게 된다는 거지.

앞으로 10년 뒤엔 일자리 중 절반이 AI로 대체된대.
실제로 지금 아디다스 스피드 팩토리에서는
연간 50만 켤레의 운동화를
사람을 대신해 기계가 만들고 있는데
사람 600명이 해야 할 일을 기계 10대가 하고 있다지 뭐야.

이런 세상에서 멋지게 어른이 되려면
기계보다 더 빨리 일을 처리하거나
새로운 능력을 기르는 수밖에 없어.

그 새로운 능력이란
지식이 아니라
창의적인 생각이지.

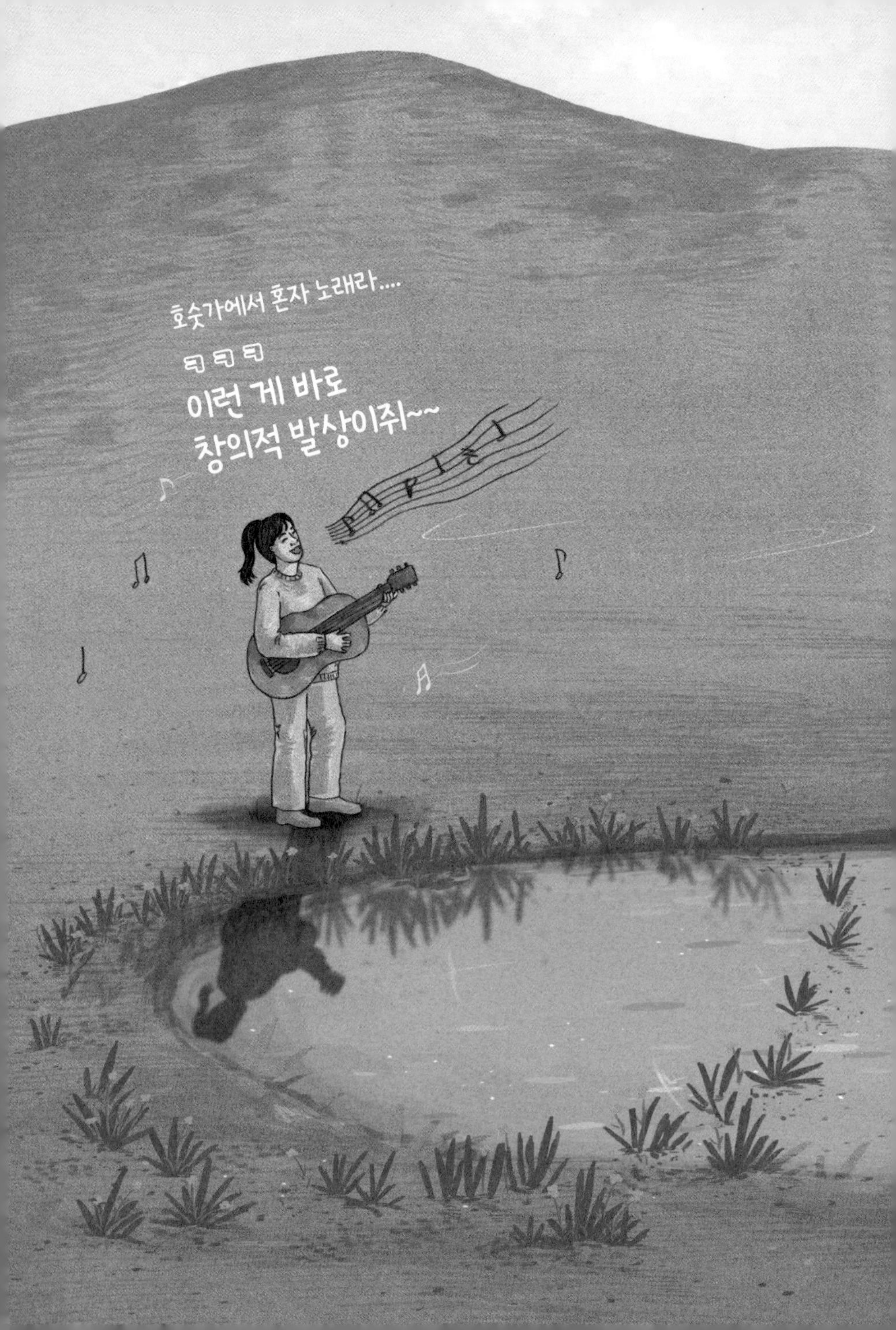
호숫가에서 혼자 노래라....
ㅋㅋㅋ
이런 게 바로
창의적 발상이쥐~~

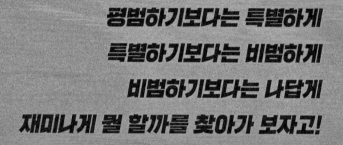

평범하기보다는 특별하게
특별하기보다는 비범하게
비범하기보다는 나답게
재미나게 뭘 할까를 찾아가 보자고!

(12)
시행착오 좀 하면 어때

수학 개념 중에

선이 모이면 면이 되고, 면이 모여 공간을 만든다는 개념이 나오잖아.

선이 모두 평행하면 면을 만들 수 없듯

다양한 경험은 많은 면을 만들어주는 거 같아.

그 속에서 점들을 이어보면 나만의 도형이 나오고

그 면들이 모이면 나만의 독창성을 창조하게 될 거야.

비록 예쁘게 그어진 선이 아니면 어때?

수백 번 계속 긋다 보면 그 속에서
더 정교한 그림이 나오게 될 텐데 뭘.

좀 지저분하면 어때?
밑그림은 지워버리면 그만인 걸.

고대 로마의 건축가 아피우스 클라우디우스는
사람은 각자 행복의 대장장이라고 말했어.
대장장이는 남이 만들어주는 것을 기다리는 사람이 아니라
스스로 쇠를 뜨겁게 달구고 망치로 때려서
무언가를 만들어내는 사람이야.

내 가능성을 찾기 위해
자신을 한계에 몰아붙여보기도 하고
시행착오도 많이 겪어봐.

어떤 결과든 그게 반드시 최종적인 결과를 뜻하는 건 아니야.
나도 대학 합격을 인생의 종착지라고 믿었지만
사실은 여러 갈래로 갈라지는 길의 한 분기점에 불과하더라.

실패했다고 실망할 필요가 없어.
실패하지 않는 사람은 시도조차 하지 않는 사람이고
그런 사람은 우물쭈물 인생을 보내다가 후회하게 될 거야.

최고의 명문학교는 지금 살고 있는 '세상'이야.
앞으로 새로운 세상을 열어가야 할 너는
수많은 시행착오들을 겪는 것을 두려워하지 않는 사람이 되기 바라.

다시 오지 않을 이 찬란한 10대,
수많은 선택과 실패를 통해
가장 좋아하는 걸 찾아나서 보자.

이거 정말 멋지지 않니?

내 취향 찾는 건데

"선생님, 저는 무엇을 해야 할까요?"
"음악을 하고 싶은데, 예체능은 돈을 못 벌겠죠?"

정말 많이 받는 질문이긴 한데
내가 해주고 싶은 말은
누군가의 추천이나 다수의 선택이 반드시 정답은 아니라는 거야.

어릴 때부터 스스로 선택을 하는 것보다
많은 사람이 좋다고 하는 것을 선택해 온 사람들은

자신의 취향까지
남에게 허락받으려고 하는 사람이 많아.
확실히 실패할 확률이 낮고, 중간은 가니까.
도전하고 위험을 무릅쓰기보다는
실패하지 않을 검증된 것을 택하게 되지.

만약 마음이 가는 대로 행동하다
혹시 좋지 않아 보일까봐 걱정도 되고
남들보다 뒤처지게 될 것 같아도
절대 손해는 아니지.
하고 싶은 걸 해본 거잖아?

그렇다고 내 취향을 찾겠다며
혼자 하루 종일 방에 처박혀 있는 것이라면 곤란해.
특별히 목적을 갖고 기간을 정해둔 것이라면 몰라도
대책 없는 현실도피가 되면 안 돼.

내가 가르치던 학생 중에
공부는 하지 않고 밤새 게임만 하는 친구가 있었어.
꿈은 고기집 사장이 되는 거였는데
자기가 고기를 좋아해서래.
그런데 게임을 너무 좋아하니까

하루는 내가 그랬어.

영상을 만들어보면 어떻겠냐고 말야.

처음에는 관심을 보이더니

나중에는 편집을 공부하다가 점차 재미를 느껴서는

친구들의 하이라이트 영상까지 만들어주게 됐지 뭐야.

나는

그 친구의 편집 실력을

더 키워주고 싶어졌어.

그래서

실제로 영상편집회사에

제안서를 넣기로 했지.

학생이라 돈은 받지 않아도 괜찮으니

컷편집처럼 간단해도 좋은 일거리만 달라고 말야.

여러 회사에 메일을 보냈는데

답장이 오는 곳은 한 군데도 없더라.

그러다 우연히 자신이 좋아하던 어느 유튜버의 팬미팅 현장에 가게 됐는데

그가 영상편집자를 구한다는 것을 알게 되었어.

결국 그 학생은 두 달의 실력검증을 통해 기회를 얻었어.

고등학생 신분에
벌써 한 달에 300만 원씩 벌면서 학교를 다니는데
지금 자신의 삶이 너무 행복해서
마치 꿈에서 깰까봐 무서울 정도라는 거야.

어린 나이에 자기가 무엇을 좋아하는지 찾고
그 일로 월급까지 받으면서 무서운 속도로 성장하고 있다는 게
멋있더라.

그 학생이 나에게 사하라 사막 마라톤 영상을 보여주었고
내가 포기하지 않으면 결승선은 온다는 것을 보여주기 위해
사막에서 257km를 완주하겠다고 약속했지.

정보를 얻으려고 사막 마라톤 클럽에 가입했을 때
같은 사막이고 모두 똑같은 대회를 다녀왔는데도
조언은 모두 달랐어.

도대체 누구 말을 들어야 할지 불안에 떨고 있을 때
어느 분이 이런 말씀을 하시더라.

먼저 자신의 체력을 정확히 파악하고
체력이 비슷한 사람을 롤모델로 정한 다음
그 사람의 훈련법과 시행착오를 들어야 한다고.

그때 깨달았지.
내 체력도 잘 모르면서 좋아 보인다고 이것저것 따라 하면
인생이라는 마라톤에서 결국 쓰러지게 된다는 걸 말야.

이루고 싶은 꿈을
이루지 못할까봐
두려워하기보다

다른 사람의 길을
따라가다
내 길을 잃을 것을
두려워하자.

나의 길
오직 내가 가고 싶은
나만의 길을
만드는 거야.

누군가 그 길은 안 된다고 해도
하는 일마다 설명할 필요는 없어.

그렇게 자꾸 내 도전에 태클을 걸 때는 이렇게 말하자.

"
네 취향이
아니라
내 취향
찾는 건데요?
"

(14)
용기를 내자

노란 숲속에 길이 두 갈래로 났었습니다.

나는 두 길을 다 가지 못하는 것을 안타깝게 생각하면서
오랫동안 서서 한 길이 굽어 꺾여 내려간 데까지
바라다볼 수 있는 데까지 멀리 바라다보았습니다.

그리고 똑같이 아름다운 다른 길을 택했습니다.

그 길에는 풀이 더 있고 사람이 걸은 자취가 적어
아마 더 걸어야 될 길이라고 나는 생각했던 게지요.
그 길을 걸으므로, 그 길도 거의 같아질 것이지만
그날 아침 두 길에는 낙엽을 밟은 자취는 없었습니다.

아, 나는 다음 날을 위하여 한 길을 남겨 두었습니다.

길은 길에 연하여 끝없으므로 내가 다시 돌아올 것을 의심하면서...
훗날에, 훗날에 나는 어디선가 한숨을 쉬며 이야기할 것입니다.

숲속에 두 갈래 길이 있었다고,
나는 사람이 적게 간 길을 택하였다고,
그리고 그것 때문에
모든 것이 달라졌다고.

— 로버트 프로스트, 〈가지 않은 길〉

힘들까봐 두려워 시도조차 하지 않거나
포기하고 쉬운 방법들, 편한 방법들을 선택한다.

하지만
위험은 칼과 같아서 날을 잡으면 다치지만
손잡이를 잡으면 멋진 도구가 된다.

위험을 감수하는 이유는 위험 속에 보물이 숨겨져 있기 때문이다.

소수만이 간 길을 선택했을 때
가슴 벅찬 기회들이 찾아오고 모든 것이 달라진다.

나
하나도
안 무섭다~~

진짜다~~~~

"

필요한 건 나를 믿어줄
용기 하나뿐이다.

"

용기란
두려워하지 않는 게 아니라
두렵지만 행동하는 것이다.
용기란
근육처럼 사용할수록
더 강해지는 도구다.

(15)
목표를 정하고

너는 뭐가 제일 좋아?

혹시 너도
잘... 모르겠다고 답하려는 거야?

좋아.
그럼 이렇게 해보는 건 어때?

제3자의 입장에서
나라는 사람을 다른 사람에게 소개해보는 거야!

만약 입이 잘 떨어지지 않고 아무것도 생각나지 않는다면,

내가 나를 어떻게 바라보는지
내가 나의 삶에서
가장 중요하게 생각하는 것이 무엇인지
내가 어떨 때 웃는지
내가 어떨 때 힘든지
내가 하고 싶은 것은 무엇인지
내가 어떨 때 가장 편안한지
내가 어떨 때 가장 행복한지

한번 생각해보자.

그래도 잘 모르겠다면
내가 어떤 부분에서 질투를 느끼는지 찾아보는 건 어때?
진짜 원하는 분야에서만큼은 최고가 되고 싶어서
자기도 모르게 질투가 생기기 마련이니까.

갑자기 눈이 번쩍이고 목소리가 높아지며 흥분하게 될 때가 있잖아.
그러면 나 자신을 이해할 수 있고 나를 명확히 알게 되지.

나는 무엇을 경험하고 싶은가?
나는 어떻게 성장하고 싶은가?

흔들리지 않는 나침반은 고장난 것이니
수천 번 흔들리면서 언제나 나만의 북쪽을 가리키자.
그리고 내가 누구인지 늘 기억하자.

나는
폭풍이 두렵지 않다
내 배로 항해하는 법을
배우고 있으니까.

-헬렌 켈러

(16)
인생은 원래 불공평하니까

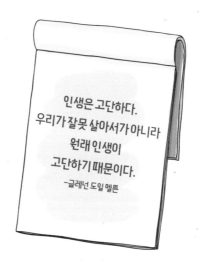

인생은 고단하다.
우리가 잘못 살아서가 아니라
원래 인생이
고단하기 때문이다.
- 글레넌 도일 멜튼

"아, 내 마음대로 되는 게 하나도 없네."

그런데 가만 생각해보면 그게 정상이야.

원래 세상은 불공평하고

인생은 내 뜻대로 되지 않고

사람들은 내 맘 같지 않으니까.

가장 힘들고 속상했던 어느 날 나는 사하라 사막으로 갔어.
그곳에 도착하면
모두 특전사처럼
온몸이 무기 같은 사람들로 가득할 줄 알았는데
다리 한쪽을 잃은 분, 70세가 넘어 허리가 펴지지도 않는 분
심지어 시각 장애를 가진 분도 계신 거야.

내 모습을 보면 '세상에서 가장 나약한 것이 인간'인데
그분들을 보면 '세상에서 가장 강한 것은 인간'이었어.

사막에서 깨달은 게 있다면,
내가 어떻게 해 왔느냐와 상관없이
어떤 시련은
허락도 없이 제멋대로 내 앞에 던져진다는 거야.

사막의 뜨거운 햇볕, 타는 듯한 목마름만 걱정했는데.
오히려 밤의 추위에,
한밤중 모래 폭풍까지 더해졌지.
밤새 막대기를 붙잡고 살려달라고 기도해야 했다니까.

발은 퉁퉁 붓고 물집 투성인데 발톱까지 다 뽑혀도
다음 날 출발신호가 울리면 무거운 배낭을 메고 다시 달려야 했어.

하루하루도 그런 거 같아.

너의 노력이나 의지와 상관없이 위기가 닥치고
누군가가 진상을 떨고
연인이 이별을 통보하고
친구가 뜻밖에 절교를 선언해 오기도 하는데
그건 네가 잘못해서도,
나쁜 일을 해서도 아니야.

그러니

모든 것이 좋지 않아도 돼,

환경이 나를 사로잡으려 할 때마다 반대로 생각해보자.
가난이 나를 부지런하게 하고 돈의 소중함을 알려주는구나,
배우지 못해서 배움의 중요성을 깨닫는 거구나, 라고 말이야.

오렌지가 5퍼센트만 들어가도
오렌지 주스잖아.
그러니 희망적인 부분이 조금만 있다면
그 환경을 희망적으로 바라보자.

외로우면 어때? 외로움이 먼지 알아야
함께 있는 사람의 소중함을 알 수 있는 거 아니겠어?

주연보다 조연 역할이 많았던 배우 유해진 님이 그러더라.

"주연은 시나리오에 캐릭터에 대한 설명이
세세하게 나와 있지만 조연은 설명이 없어서
나름대로 스토리를 부여해야 했기에
그 과정 속에서 연기가 늘 수 있었다"고.

때론 내가 주연이 아닐 때도 있지만
세상엔 작은 배역이 하나도 없듯이
너도 절대 작은 사람이 아니야.
주연은 단지 외모가 좋고 대사가 많을 뿐이지
조연은 상황을 만들어나갈 수 있는 멋진 배역인 거야.

혹시
왜 나는 가난한 부모에게서 태어났을까?
왜 나는 이렇게 생긴 걸까?
왜 나는 이렇게 능력이 없는 걸까?

이런 생각에 힘든 적 있니?
따지고 보면 나 역시 내가 원하는 대로 된 건 정말 거의 없어.

어쩌면 그게 인생일지도 몰라.

하지만 그렇다고 해서
네 삶이 잘못된 게 아니야.
원하는 대로 모두 되지 않는 게 정상이니 괴로워할 이유는 하나도 없지.
꿈꾸던 대로 되지 않아도 실패한 인생이란 없으니까.

뭐야 이거.. 괜히 속상해했잖아.

세상은 고통으로 가득하지만
그것을
극복하는 사람들로도 가득하다.

-헬렌 켈러

(17)
스트레스받지 말자

스트레스는 모든 사람에게 해로운 게 아니라
'스트레스는 해롭다'라고 생각하는 사람에게만 해롭다.
중요한 것은 스트레스가 그렇게 극심하지 않은데도
스스로 짜증을 키우기 때문에 상태가 급격히 나빠진다는 거야.

스트레스는 나쁜 게 아니라 자연스러운 것이고
내게 주어진 문제는
'내가 잘할 수 있도록 도와주는 것이구나'라고 생각하자.
위협이 있을 때는 겁먹고 두려움에 떨기보다는
차라리 '중요한 문제니까 집중력을 더 발휘해야 하지'라고
바꿔 생각하자.

인생의 그 어떤 것도 두려움의 대상이 아니라
이해해야 할 대상이니까.

그래도 스트레스를 받는다면
인생에서 가장 중요하게 생각하는 가치 세 가지를 고르고
스트레스받는 상황이 올 때마다 내 몸을 해치는 대신
이 소중한 가치들을 떠올리면서
내 인생의 큰 그림을 그려보는 건 어떨까.

결국 성장을 이뤄내는 것은 편안한 시기가아니라 어려운 시기이고
스트레스 '때문'이 아니라 스트레스 '덕분'이니
스트레스를 받고 있다는 것은 네가 잘하고 있다는 증거야.

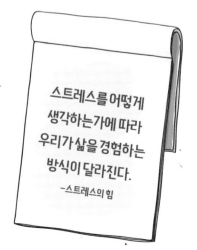

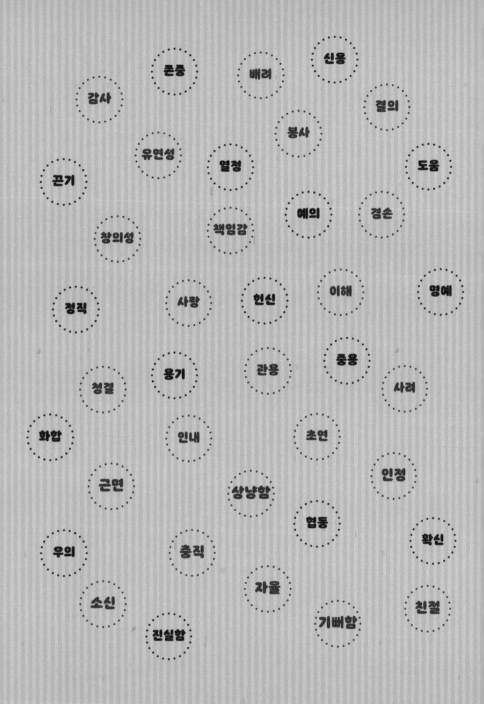

인생에서 가장 중요하게 생각하는 가치
세 가지 고르기

～～～～～～～～～～～～～～～～

(18)
시간은 소중하고

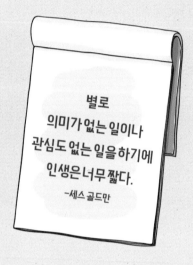

별로
의미가 없는 일이나
관심도 없는 일을 하기에
인생은 너무 짧다.
-세스 골드만

〈어벤져스: 엔드게임〉에서

토니 스타크는 "단 1초도 돈으로 살 수 없다"라고 말했다.

직장인들은 시간을 월급과 바꾸고

강연에 참석한 사람들은 시간을 통찰력과 바꾸고

공부하는 사람들은 시간을 지식으로 바꾼다.

과학자

발레리나

그냥청년

가능성이 참 많은 너!
너에게 주어진 24시간의
온전한 주인공이 되기를.

군인

AI 공학박사

유튜버

누구에게나 공평하게 주어지는 것이 두 가지 있는데,
하나는 '죽음'이고 하나는 '시간'이다.
그러나 둘 중에서 유일하게 통제할 수 있는 건 '시간'뿐이다.

시간이 부족하다고 늘 불평하지만
시간은 부족한 것이 아니라 낭비되고 있을 뿐이다.

학교에서의 시간은 자거나 없는 셈치고
방과 후의 시간만을 삶으로 정의한다면 의미 있는 하루일까?

야간자율학습 끝날 때까지 집에서 게임할 생각으로 버티다가
밤 10시부터 자신만의 하루를 시작하기도 한다.

하지만 우리 모두의 하루는 2시간이 아니라 24시간이다.

겨울이 오면 여름이 왔으면 좋겠다고 투덜대고
여름이 오면 겨울이 왔으면 좋겠다고 불평하기엔 시간이 너무 아깝다.

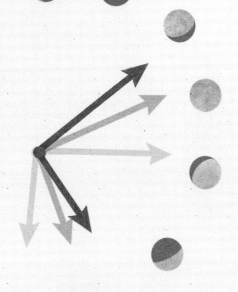

나는
그동안
내 소중한 시간을
무엇과
바꿔 왔을까?

음....하.....
저는 지금
'고민 중' 입니다.

(19)

나는 더 소중하니까

학생들을 대상으로 삶의 만족도를 조사해보니
10점 만점에 평균 3~4점이었고
그중 가장 높은 점수는 고작 6점이었다.

왜 10점을 주지 못했는지 물어보니
대부분 자신이 해야 할 만큼의 공부를 하지 않아서,
매일 똑같이 반복되는 삶이라서,
고3이라서,
같은 답이 나왔다.

오늘은 과거가 모여 만들어낸 결과다.
그러니 나에게 물어보기로 하자.

오늘 하루가 끝날 때 오늘 하루의 만족도를 물어보자.
10점 만점이 아니라면 무엇이 아쉬웠는지,
만약 무엇을 했으면 만점이었을지 말이다.

그래도 0점이 아닌 잘한 점을 써보고
무엇을 했다면 0점이 됐을지를 적어보자.

그렇게 아쉬운 일은 줄이고
좋은 일은 늘려
하루의 만족도를 높여 가자.

남들과 비교하지 않고 어제의 나와 비교하며
내일과 미래 어느 날을 위해 오늘 하루를 쌓아가자.

뉴욕이 캘리포니아보다 3시간 빠르다고
캘리포니아가 뒤처진 게 아니다.
오바마는 55세에 은퇴했지만
트럼프가 70세에 취임했다고
오바마가 앞선 것도 아니다.

남과 나를 비교할 게 아니라
각자에게 '잘되는 때'가 다르다는 것을 인정하자.

남이 아닌
나의 하루를 만족스럽게 살자.
작은 행복을 매일 느껴보자.

한 번 행복하다고 말한 사람보다
열 번 행복하다고 말한 사람이
더 잘살 수 있는 거니까.

처음엔 누구나 서툴지. -->

그러다 조금 지나면 뭐든 조금 나아지고

어느 순간 정말 부러운 존재가 되어가는 거니까.

(20)
열등감 때문에

부모님이 매우 엄해 눈치를 보며 자랐거나
결과를 냈을 때만 칭찬을 받아 왔거나
어려운 가정 형편 때문에 도움을 기대하지 못한 채
언제나 스스로 무언가를 해 왔다면

너무 지쳐 있을 거야.

그래서 더 강해 보이기 위해 먼저 상처를 주기도 하고,
무시당하지 않으려고 발버둥쳤지만,

결국은 친구들이 나를 무시한 게 아니라
진짜 내 자신을 부끄럽게 느낀 건
나였을지 몰라.

그런데 그거 알아?
열등감은
전 세계인의 95퍼센트가 갖고 있는 감정인 거 말야.

문제는 이 '열등감'이라는 연료를 성장의 밑거름으로 삼을 것인지,
좌절의 연료로 사용할 것인지에 따라 인생이 완전히 바뀐다는 거지.

그때의 나에게
아니, 지금의 나에게 얘기해주자.
너를 깎아 내려가며, 애써가며
사람들에게 인정받을 필요 없다고.
'열등감 때문에'가 아니라 '열등감 덕분에' 이 자리까지 올 수 있었다고.

세상 당당하게 살자!
밤하늘 별이 너를 샘낼 만큼.

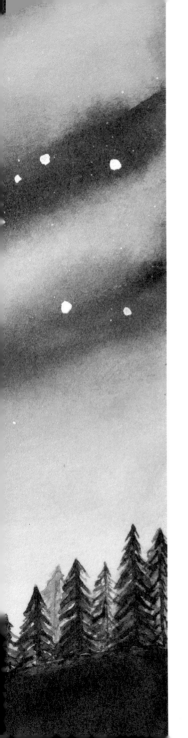

"남들이 당신을 어떻게 생각할까
너무 걱정하지 마라.
남들은 그렇게 당신에 대해서
많이 생각하지 않는다.
당신이 동의하지 않는 한
이 세상 누구도
당신이 열등하다고 느끼게 할 수 없다."

-엘리너 루스벨트

*

1단계:

 뜨거운 물을 버리고 맛의 최고봉 그분을 맞을 준비를 하라!　　**2단계:**

3단계:

늘 명심하라, 성공하겠다는 너 자신의 결심이
다른 어떤 것보다 중요하다는 것을.

(21)
부러워할 필요 없어

스스로를 가장 빨리
불행하게 만드는 방법을
찾고 있다면
'비교'를 추천할게.
그건 실패가 없고 순식간에 불행을 가져다 줘.

1등급이 수두룩한 친구의 성적표와

내 현재 등급을 비교해보자.

아니면 날씬하거나 멋진 몸매를 가진
인기 많은 친구와

내 모습을 비교해보자.

어때? 벌써
불행해지지!?

원래 사람은 즐겁고 멋진 것만 자랑하지
고통을 자랑하지는 않아.
다른 사람들이 뭐가 힘든지 신경 쓰지 않으니
모르는 것뿐이지

인생은 누구에게나 다 어려워.

부러운 롤모델이 있다면
그 사람의 럭셔리한 삶과 수많은 팔로워를 보며
부러워하기보다
그 사람이 등장하는 인터뷰나 다큐멘터리를 찾아보는 거야.

그 사람이 그렇게 될 수밖에 없었던
숨은 노력들을 공짜로 얻을 수 있거든.

손흥민 선수의 재활 트레이너가 그러는데
그 선수는,

"사람이 어떻게 그렇게 살 수 있을까"

싶을 정도로
완벽하고 규칙적인 생활을
하루도 빠짐없이 하고 있다는 거야.

철저하게 축구에 해가 되는 것은 절대 하지 않고
축구에 도움되는 것만 한다는 거지.

그러니 우리나라를 넘어 세계 최고의 리그에서,
별들의 전쟁 챔피언스 리그 결승까지 갈 수 있었고
전 세계 사람들에게 감동과 기쁨을 줄 수 있었던 거야.

훈련장에서 비참할수록
경기장에서 화려하다는 말처럼
내가 목표한 걸 갖기 위한
수많은 시행착오와 실패들

내가 목표하는 자리에 있는 사람들이 달성하기 위해 했던
수많은 시행착오와 노력

그 과정에서 내가 노력한 시간에 비교해보면
그 차이를 납득하게 되고,
그러면 무엇을 해야 하는지 분명해지지.

그걸 작은 습관으로 만드는 게 가장 중요해.
그럴듯한 말을 하는 것은 쉽지만
별거 아닌 행동은 습관으로 만들기는 피똥 싸게 어렵지.
그렇게 습관을 만들기 어려워도
어렵게 만들수록 쉽게 없어지지는 않으니까 걱정 마.

나를 위로하고
나에게 자신감을 불어넣어줄 수 있는 것은
바로 별 볼 일 없는 작은 습관들뿐이니까!
말보다는 행동으로 너의 삶을 증명해야 해

행운도 자세히 보면 결국
오랜 시간에 걸친
고된 노력과 준비의 결과니까.

따라 하기엔 너무 힘들고
참아내기엔 고통스럽지만

우산이 없는데 비를 피하기 위해서는
열심히 달릴 수밖에 없잖아.
아무것도 내세울 것 없는
내가 할 수 있는 유일한 방법이니까.

원하고 이루고 싶은 것이 있다면 싸워서 이기면 돼.
만약 이기지 못할 것 같으면 노력하면 되고

노력하기 싫으면 포기하고 인정하면 그만이야.

포기하지 않으면 끝내 이기고
이기는 사람은 이루게 돼 있어.

도전을 멈추면 실패가 되고 도전을 계속하면 자산이 되는 거야.

사람들의 SNS 속에 있는 화려한 사진보다
우리에게는 우리 삶이 더 소중해.

내가 나를 더 가치 있게 바라보고
그 가치를 증명해 나가는 거야.

부러워만 하지 말고
부러운 사람이 되는 거야.
너는 반드시
크게 될 사람이니까.

(22)

나는 소중하니까

선인장은

잘 자라고 있는 건지

끊임없이 고민을 하게 만들지만

긴 기다림 끝에
꽃이 피어났을 때
커다란 감동을 주지.

무엇을 성취했는지,
못했는지
아무 상관없이
너는 존재 자체로
괜찮은 놈이라고.

예쁜 장미도 좋지만
가시가 많은 선인장으로도 충분하다고.

가시 투성이어도, 꽃이 피지 않아도
너는 충분히 아름다워.
피어나는 모든 과정이 하나의 꽃이니까.

그러니 원치 않는 가면을 쓰고
거추장스러운 언어들로
포장하거나 누군가를 따라 할 필요 없어.
그저 내 모습 그대로를 사랑해줘.

너답게, 너대로

내가 나를 더 가치 있게 바라보고

그 가치를 증명해 나가는 거야.

너는 반드시

크게 될 사람이고

누구도 너를 대신
살아줄 수 없으니까.

(23)
누가 뭐라고 하든

인간은

장점보다는 단점을 파악하는 데 특화되어 있어서

세상엔 서로를 깎아 내리거나

상처를 주는 말이 너무 많아.

너를 싫어하는 사람들이

어떤 못된 말을 하든

전혀 신경 쓸 필요 없지.

어차피 우리 모두 부족하고
모두에게 사랑받을 수 없는걸.

그러니 괜히 눈치 보며 살고
별것도 아닌 문제로
감정 낭비하는 데
오늘을 허비하지 않기로 하자.

세계 최고 요리사의 음식도
'그닥 맛있는지 모르겠다'고 생각하는 사람이 꼭 있거든.

(24)
말에 상처받지 말고

골렘 효과란
'부정적인 기대가 부정적인 결과를 낳는다'는 심리학 용어인데

"네 성적에
인서울은 꿈도 못 꿔"

라는
부정적인 말을 들으면 그렇게 된다는 거야.
'긍정적인 말을 들으면 긍정적인 결과를 낳는다'는
피그말리온 효과와는 반대되는 개념이지.

그런 말을 하는 사람들은
아마도 나쁜 사람이기 전에
선천적으로 그렇게 타고났거나
누군가로부터
이미 상처받은 사람들일 거야.

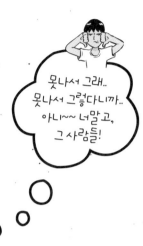

못나서 그래..
못나서 그렇다니까..
아니~~ 너말고,
그 사람들!

지금 네가 어떤 생각을 품고 있는지,
얼마나 피땀 흘려 노력하고 있는지 알지도 못하고
자신도 못하면서 다른 사람에게는 엄격하지,
국가대표 선수가 축구하는 걸 보면서 욕하는 것처럼.

만약 진실이라면 단점을 고치는 계기로 삼으면 되는데
지극히 주관적이고 근거 없는 말들이 골렘 효과를 일으켜
너를 무기력하게 하고 부정적인 결과로 이어지게 할 수는 없어.

그러니
누군가 너에게 어떤 싫은 소리를 한들
마음속에 담아두지 마.

여기저기 소문을 듣고 탐정 노릇하면서
사사건건 남의 일을 파헤치고
실패에 고소해하며 비웃는 사람들이 있는데
나중에 알게 될 거야,
그런 사람들은 생각보다 훨씬 약하다는 사실을.

자신의 삶도 용감하게 살지 않는 사람들이
주는 의견은 들을 필요가 없어.

이런 사람들의 말을 일일이 주워
마음에 두면 얼마나 힘드니!
그러니 내버려두고 근처에 갖고 오지도 마.
돌을 잔뜩 실은 열기구는 하늘로 날 수가 없으니까.

그 사람들은 너에 대한 이야기를 지어내기 위해
많은 시간을 들이지만
너는 그 헛소리를 무시하는 데 1초면 돼.
시간만 따져봐도 승자는 분명해지지.

너의 도전에 찬물을 끼얹는 사람들은
부러운 마음과 열등감의 표현이니까
발로 차거나 대꾸할 가치도 없어.
그냥 네 갈 길 가자.

다른 사람에게 불편한 말을 들었을 때
중요한 건
남에게 해명하는 게 아니라
내면에서 해석하는 거야.

내가 잘했는지 못했는지 남이 평가는 할 수 있어도
그걸 결정할 권리는 나한테 있으니까.

프랑스의 작가 프랑수아 드 라로슈푸코는 이렇게 말했어.

"남에게 칭찬을 받고 쑥스러운 생각을 갖는 것도 어려운 일이지만,
남에게 악평을 받고 그것을 약으로 삼는
현명한 사람은 드물다."

누군가는 말로 사람을 쓰러뜨리고

또 누군가는 말로 함정을 파기도 하지.

분한 감정을
나를 발전시키는 곳에
몽땅 다 써버리는
그 정도의 현명한 사람이
바로 너야.

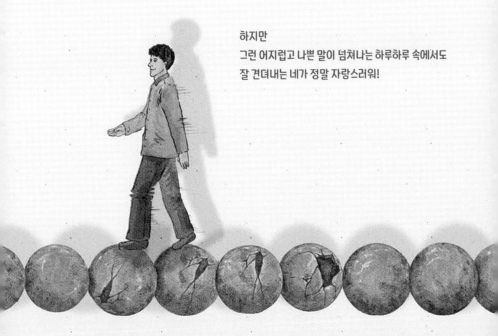

하지만
그런 어지럽고 나쁜 말이 넘쳐나는 하루하루 속에서도
잘 견뎌내는 네가 정말 자랑스러워!

(25)
화를 내거나

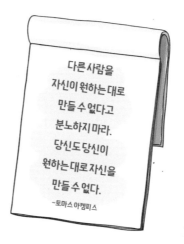

다른 사람을
자신이 원하는 대로
만들 수 없다고
분노하지 마라.
당신도 당신이
원하는 대로 자신을
만들 수 없다.
-토마스 아켐피스

대부분의 분노는 표출하는 순간부터 후회가 시작된다.
후련함은 순간이지만 후유증은 정말 오래간다.
그러니 '내가 화를 냄으로써 이 상황이 달라질 수 있는가?'를 생각해보자.

화가 나고 짜증나는 상황을 잘 살펴보면,
이미 벌어진 일이기 때문에
화를 낸다고 달라질 게 없는 경우가 대부분이다.
중요한 것은 그 상황을 받아들이는 '내 마음가짐'이다.

좋지 않은 감정을 갖고 있으면
잘될 리가 없지.

아무리 완벽을 추구해도
인간 자체가 불완전한 존재라는 사실에는
변함이 없으니
'이건 절대 용서 못 해!'라고 말하기보다는
'그럴 수도 있지!'라고 소리 내어 마음을 털어버리자.

성적 문제로 다퉜을 때 수치심을 느껴 화가 났다고 하자.
사실 수치심은 자세히 들여다보면 슬픔인 거고.
슬픔을 자세히 보면 상해버린 내 자존심이다.
그 자존심은 내가 두려워하는 부분이 있다는 것이고
그것을 극복했을 때 얻게 될 게 있다는 의미다.

결국 분노를 행복으로 바꿀 수 있다는 뜻이다.

《톰 소여의 모험》의 작가 마크 트웨인은 분노 조절 장애를 앓았다.
그는 화가 솟구치면 상대에게
분노의 감정을 담아서 공격적으로 편지를 쓰고
그 편지를 일단 책상 서랍 속에 넣어두었다가
3일 뒤에 꺼내서 다시 한 번 천천히 읽어보곤 했다.

시간이 지났어도
자신의 분노가 지극히 정당하다고 판단되면 화를 내고
이미 분노가 가라앉았거나 자신의 분노가
정당한 것이 아니라고 판단했을 때는 편지를 찢어버렸다.
우리도 그를 따라 해보자.
만약 편지를 쓸 수 없는 환경이라면,
화를 내기 전에 속으로 열을 세고,
너무 화가 났을 때는 백을 세어보자.
다른 무언가에 집중하다 보면
순간적인 화를 참지 못해 후회하는 횟수가 확실히 줄어들게 될 테니까.

차라리 화가 날 땐 유머를 섞어주는 것도 좋지 않을까!
친구가 약속시간에 늦었을 때

"어떻게 늦을 수 있냐" 라고 화내기보다

"하도 안 오길래 하루 종일 너만 생각할 뻔했다" 고 말하는 건 어떨까?

노여움은
무모함으로 시작해서
후회로 끝난다.
-피타고라스

(26)
부모님과 싸우지 말고

부모님께서 다 아는 얘기로 잔소리하실 때는
정말 듣기 싫고
돌이킬 수 없는 과거의 실수를 들먹이며 혼낼 땐
말문이 '탁'하고 막힌다.

대부분의 부모님들은
자신의 문제보다
자식의 문제에 더 매달리고
자유롭게 살라고 말하면서도
자신을 따르도록 지시하기도 하고
때로는 오히려 자유를 강요한다.

엄마에게 한 대 맞은 딸이
엄마에게 사과하라고 말하면
엄마는 과거를 떠올린 뒤 말하지.

"나는 너보다 더 호되게 맞으면서 컸어"

하지만 그런 부모님을 비난할 수 없는 것은
엄마도 엄마가 처음이고
딸도 딸이 처음이기 때문이다.

부모님이 먼저 내 요구를 들어주면.
나도 하겠다고 하기보다는
부모님이 진짜 원하시는 게 무엇일지 생각해보자.

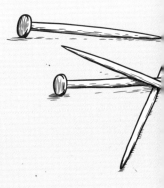

그 방법이
원하는 것을 가장 손쉽게 얻을 수 있는 방법이기도 하다.

인정하면 지는 것 같고, 말로 이길 자신 있다고
부모님 말씀 도중에 '그게 아니라'고 일축해버리거나 부정하지 말자.

'그게 아니라'라는 말을 사용하면 짜증만 더 날 뿐이거나
오히려 관계가 악화되니
'맞아요'라는 말을 써보자.

그리고 '진심으로' 얘기하는 것

그렇게 진솔한 대화를 나누다 보면
오해가 풀리기도 하고
내가 몰랐던 새로운 사실을 알게 된다.

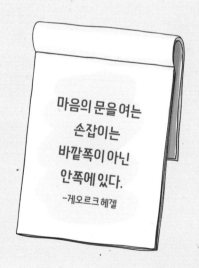

마음의 문을 여는
손잡이는
바깥쪽이 아닌
안쪽에 있다.
-게오르크 헤겔

당신은 부모님을 바꿀 수 없어요.
바꿀 수 있는 건 당신의 태도뿐이죠.

-영화 <50/50>

"

좋아하는 친구 있니?

그 친구는 너를 정말 진심으로 대하고 있어?
그 친구 이름은 뭐니?

"

그렇다면 너는 참
행복한 사람이구나!

뭐해?!
친구에게 냉큼 전화하지 않고!!

"

비가 와서 오늘은 참 좋다.

눈이 와서 오늘은 참 좋다.

해가 쨍쨍 하늘에 떠 있어 좋다.

"

그냥
오늘이라서
이런 날
네가 여기에 있어
나는 참 좋다.

(27)
미워하지 말고

내가
싫어하는 사람이 있듯
나를
싫어하는 사람도 있어.

누군가 나를 싫어하면
반감보다는
나도 누군가를 싫어하고 있다는 걸
생각해보면 좋을 것 같아.

내가 다른 사람과 다르다고
내가 원하는 삶을 포기할 필요가 없듯
다른 사람이 자신과 다르다고
그들을 비판하지도 말자.

서로 다른 환경에서 오랫동안 자라 왔으니
잘 맞는 사람은 있어도
딱 맞는 사람은 없으니까.

내 안경이 더러우면
온 세상이
더럽게 보이는 법이니
누군가
자꾸 미워 보이기만 한다면
나부터
점검해보는 게 어떨까?

으~~ 화가 난다~~

누구나
저마다의 사정이 있기 때문에
이유도 모른 채 함부로 판단할 수 없고
나와 다르다고 욕하고
내 마음을 몰라준다고
미워하는 건 불필요한 감정소모일 뿐이니까.

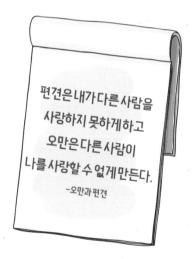

편견은 내가 다른 사람을
사랑하지 못하게 하고
오만은 다른 사람이
나를 사랑할 수 없게 만든다.
-오만과 편견

(28)
오히려 존중해주고

네가 공부를 굉장히 잘하거나
말을 잘하거나 힘이 있어도

다른 사람을 대할 때 너의 행동과 말에 존중이 없다면
너는 참 별로인 사람이야.

남에게 불친절한 말을 자주 쓰는 사람은
대부분 자신보다 강한 사람에게는 겁을 먹고
자신보다 약하다 생각되는 사람에게는
겁을 줘서 함부로 대하지.

네가 누구를 대하든 친구를 대할 때
얼마나 친구를 높여주는지가
네가 높임을 받을 수 있는 사람인지 아닌지를 정하는 거야.

때로
네가 존중해도
너를 존중하지 않는 사람들도 있지.

그런데 자세히 보면
그들은
어디 가도 존중받지 못하는 사람들이라
존재감이 없는 게 불안해서 그러는 거야.

이 세상에는 사람도 많고 입도 많아서
나를 존중하지 않는 모든 사람을 내 맘대로 통제할 수 없어.
적극적으로 그 사람과 격렬하게 말로 싸울 수는 있지만
그리고 나서 내 마음을 정화시키는 데 더 많은 시간이 들지.

처음부터 못된 심보로 달려드는 사람과
의견을 주고받다 보면
어느새 나조차 싫어하는 모습으로 변해 갈 뿐이야.

그러니 그냥 인정해주고 흘려보내자.
어려운 일도 아니니까.

그 사람에게 문제가 있다는 것은
그 사람만 빼고 모두 알고 있고
그 사람의 잘못을 입증했다고 해서
내가 옳다는 것이 입증되는 것도 아니니까.

칭찬합시다.
칭찬
합시다.

남을 칭찬함으로써
내가 낮아지는 것이 아니다.
그것은 도리어 자신을
상대와 같은 위치에
놓는 것이다.

-요한 괴테

(29)
친구가 되어

나의 아름다움과 장점을 찾아주려고 하는 사람,
나의 단점을 고통으로 생각하는 사람,
나의 기쁨을 기쁨으로 여겨주는 사람,
가난해도 나를 찾아주는 사람,
때로는 화를 내며 충고해주는 사람.
이런 사람을 친구로 두어야 한다.

그런데 나는 그런 사람인가?

주고받는 것을 'give and take'라고 하는데
테이크 앤 기브가 아니라
기브가 먼저인 이유가 있는 것처럼

내가 먼저 그런 친구가 되어주자.

힘내~!

15살,

16살,

17살,

18살, 19살, 20살, 21살, 22살, 23살, 24살, 25살, 26살, 27살, 28살, 29살, 30살, 31살, 32살, 33살, 34살, 35살, 36살, 37살, 38살, 39살, 40살, 41살,

100살

눈 아프면 한숨 자고 읽어

:)

힘들면 밥 먹구 읽어도 좋구.
^ ^

(30)
이별을 겪어도

그동안
상대가 좋아하는 모습만을 보여주려고
눈치 보느라 얼마나 애썼니.

나 같은 사람을 두고 갔으니
나중에 크게 후회하겠지.
내가 차인 게 아니라
그 사람이 기회를 놓친 거야.

나보다 더 나은 사람을 만나
사귄다고 해도 슬퍼하지 말자.
그냥 더 잘 맞는 다른 애를 만난 것뿐이지.
나보다 더 나은 사람은 절대 아니니까.
나는 또 나에게 더 잘 맞는 사람이 반드시 오겠지.

그러니 벌을 받았으면 하는 마음에
악한 마음조차 품지 말자.

꽃잎 위에 벌레가 있다고 해서
살충제를 뿌릴 수는 없으니까.

(31)
우린 모두 사랑스럽고

우리는 외모로 사람을 평가하는 사회에 살고 있어.
연예인은 물론이고 평범한 직업을 구할 때도 외모에 대한 요구가
계속 엄격해지고 있지.

유창한 언어능력자 영어 선생님이
인기가 꼭 많지 않아도
잘생기거나 예쁘고 몸매가 좋은 영어 선생님이라면
무조건 인기가 많잖아.
재능이나 실력보다는 예쁜 얼굴이 더 시선을 끌기도 하지.

외모가 중요하다는 것은 부정할 수 없지만
그게 전부는 절대 아니지.

사람들이 알리바바의 창업자 마윈을 좋아하는 이유는
외모가 아닌 인생관이 너무 멋있어서인 것처럼 말야.

그는 초등학교 때 중요한 시험을 두 번 실패한 것을 시작으로,
중학교 입학시험에서 세 번 실패하고
대학입학 시험에서도 세 번이나 실패했어.
직업을 구하려고 서른 번 신청했지만 모두 거절당했지.
5명 중 4명을 뽑는 경찰 시험에서도 떨어지고
24명의 지원자 중 23명만 뽑는 KFC 면접에서도
떨어진 단 한 명이 바로 마윈이었지.
하버드에 총 열 번 지원해서 모두 떨어졌고
시작하는 사업마다 늘 실패의 연속이었지만
좌절하지 않고, 자신감을 잃지 않고, 결코 포기하지 않은 결과
현재 47조 원이 넘는 재산을 가진 부자가 되었어.
"당신이 어딘가 다른 곳에 반드시 쓰임이 있다는 사실을 잊지마"라고
마윈은 말했어.

못생김 주의보 ㅋㅋㅋㅋ
하지만 정말 멋진 주의보 ㅋㅋㅋㅋ

잘하는 게 하나도 없다고?

그래도 실망할 필요 없어.

태어나면서부터 잘하는 사람이 얼마나 되겠어?

산부인과에서부터 잘하는 사람이 어디 있어?

잘한다고 해도 처음 시작한 사람 중에서 잘하는 거겠지.

진짜 잘하는 사람은 아니니까

내가 하고 싶은 것들을 찾고

모르면 물어보면 되고

오히려 잘하지 못하니까 좋지.

부담없이 하다 보면 더 빨리 배우게 되는 거야.

처음부터 모든 것을 알고

시작하는 사람이 어디 있겠니?

지루한 이야기는 수면제로 딱이고

잘못 찍힌 사진은 웃기는 짤로 쓰기에 적합하듯이

세상 쓸모없는 것들도 다 어딘가에 쓰임이 있는 거야.

그렇게 반복하다 보면 점점 실력을 만들고,
세월이 지나면 그것이 남다른 재능이 되는 거야.

올바른 태도로 하루를 꾸준히 살아간다면
분명
누구에게나
사랑받는 사람이 될 거야.

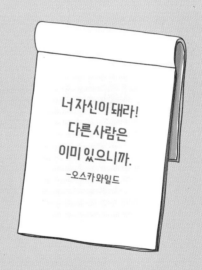

너 자신이 돼라!
다른 사람은
이미 있으니까.
-오스카 와일드

(32)
기대할 것이 많으니까

스티브 잡스, 빌 게이츠는 대단한 인물이야.

그치?

하지만 너는 결코 그렇게 되지 못하리라고 장담할 수 있어?

사실 그들도 어렸을 때는 말썽도 부렸고

나쁜 평가도 무지 받았거든.

하지만 이제는 우리가 모두 아는 탁월한 사람이 되었잖아.

그뿐인가. 이 정도로 대단하지 않아도

지금 네가 아는 멋진 사람 이름 하나를 떠올려봐.

그 사람이라도 어렸을 때부터 천재에 신동이네 하며
칭찬만 받지는 않았을걸.

사람은 기대를 먹고 사는 존재야.
진정한 부자는 이미 많은 것을 가지고 성취한 사람이 아니라
앞으로 기대할 것이 많은 사람이고

가장 가난한 사람은 지금 많이 가졌어도
미래에 기대할 수 있는 꿈과 희망이 없는 사람인 거야.

그렇기 때문에 현명한 사람들은
인생에서 가장 소중한 자산은 돈이 아니라
마음껏 꿈꾸고 희망하고 기대할 수 있는
젊음이라는 사실을 알고 있대.
미래가 기대되지 않는데
오늘 열심히 공부하는 게 무슨 소용이 있겠어.

과거에 이룬 것보다
앞으로 무언가 더 꿈꾸고 추구할 수 있느냐가 중요하기에
이전에 잘못한 것을 자꾸 뒤돌아보거나 후회하지 말고
앞으로 남아 있는 시간들을 쪼개서
스스로 목표한 것들을 지켜 나가 보는 거야.

연습게임에서는 몇 번이라도 지는 게 상관없듯이
지금은 연습시간이야.
고로 뭐든 다 해볼 수 있는 기회야.

궁금한 게 있으면, 묻고 싶은 바로 그 사람에게
메일을 보내보는 건 어떨까?
대학 홈페이지나 구글에 검색하면 이메일주소는 금방 나올 테니 말야.
조언을 구하는 데 돈이 들지도 않아.
그런 작은 노력들이 남은 인생을 크게 좌우하게 될 거야.

빛나는 학창시절이잖아!

오 ~~~~~~~~~~

잡스~~~~~~~~~

형~~~~~~~~~

멋저부러~~~~~~~

희망이 밥이고
도전은 생명이고
기적은 옵션이고
실패는 거름이다.

조금 더 희망하고,
조금 더 꿈꾸고,
조금 더 기대할 것이
많은 사람이 되자.

(33)
우울하지는 않니?

가면우울증(masked depression)은
우울증상이 행동으로 변장해서 나타나는 우울증인데
청소년들의 게임중독, 가출 등의 일탈행동이나
짜증, 화 같은 감정 변화로 표현된대.

우울 증상이 변장해서 나타나기 때문에
우울증인지 알기 어렵고
부모는 자식이 짜증나고 답답해 보인다는 거야.

이렇게 해볼까.

지쳤을 땐 노래라도 한 곡 듣는 거야.
아침 점심은 거르지 말고 꼭 챙겨 먹고
야식은 삼각김밥이나 컵라면 대신
따뜻한 김밥이라도 한 줄 먹는 거야.

그거 아니?
우리 마음은 정신이 지배하지만
그 정신을 지배하는 건
건강한 몸이라는 거 말야.

정말
건강보다 중요한 것은 없다니까.

건강한 거지가
아픔에 시달리는 왕보다
낫다는 말
알고 있니?

힘들 때가 있다.
혼자 있고 싶을 때가 있다.
그리고
그건 정상이다.

(34)
중독이 심하고

게임 중독이 심한 6가지 이유에 대해 알려 줄게.

1. 미해결 과제

몬스터를 4마리 잡으면 보상을 받는다.

1마리가 남은 상태에서 PC방 시간이 없어서 꺼졌다.

미해결 과제는 마무리되고 싶어 하는 속성을 갖는다.

2. 끊임없는 미션

게임은 플레이어에게 끊임없이 새로운 미션을 준다.

미션으로 시작해 보상으로 연결되는 뫼비우스의 고리와 같다.

점점 더 해결하기 어려운 미션과
더 좋은 보상을 거절하지 못할 수밖에.

3. 이벤트

설날 패키지, 추석 패키지, 게임 창립기념, 크리스마스 이벤트.
매 시기마다 파격 혜택과 특별한 할인들.
돈이 없으면 출석 이벤트가 있다.
30일 동안 출석하면 더 큰 보상을 준다.
출석이라는 미션 달성 욕구와
엄청난 보상의 수집 욕구가 모두 자극되면
내 의지력이 불타올라 개근상을 타게 된다.

4. 잭팟의 짜릿함

무심코 지나가면서 마주친 몬스터를 딱 잡았는데,
엄청난 고가의 아이템이 나오거나
랜덤 상자를 열었는데 나올 확률이 0.5퍼센트인 아이템이 나온다면?
환호성이 절로 나온다.

5. 신경전달물질

게임을 하면 긴장 상태와 기대, 보상이 반복되면서
아드레날린과 도파민이 반복적으로 쏟아진다.

여기에 세로토닌과 엔도르핀도 합세하여
다양한 감정을 경험하게 만든다.
긴장했다가 성취감을 느끼고, 분노했다가 복수의 쾌감을 느끼며
신경전달물질의 홍수가 일어난다.

6. 인정받기?

힘들게 달성한 칭호와 보상으로 받은 아이템으로 플레이하니까
다들 이쁘다고 난리지.
주변 사람으로부터 인기와 부러운 시선을 받으면
기분 좋은 우월함을 느낀다.
주위에서 내 실력을 인정해주기 시작하고
같이 게임하자는 연락이 많이 오기 시작한다.

(35)
벗어나기 힘들지

매년 게임하는 데 사용되는 평균 시간 +
게임플레이 영상 찾아보는 시간 +
게임에 접속해 할 일을 생각하는 시간
=연간 600~700시간

10년이면 6,000시간
2시간짜리 영화 3,000편을 볼 수 있는 시간
12회 분량의 드라마 500편을 볼 수 있는 시간

하루 3~4시간으로는
고수라고 명함도 못 내미는 구조.
최상위 그룹이란?
하루 10시간 이상 플레이하고
현금 투자도 아끼지 않는 사람들.

나보다 훨씬 잘하는 사람들이 많다는 건?

나는 결코 게임 중독이 아니라는 망각 그리고 착각 중.

게임이란 결국 종료될 것.
게임 속에서 얻어낸 아이템은 물론
힘들게 달성한 게임 속 지위와 실력까지.

시간이라는 중요한 기회비용을 날려 버림으로써
미래의 가능성을 잃게 만드는 ▇.

게임은 로그아웃한 순간
다시 원점으로 돌아온다
현실은 정반대지만...

(36)
공부가 뭐길래

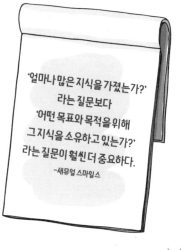

'얼마나 많은 지식을 가졌는가?'
라는 질문보다
'어떤 목표와 목적을 위해
그 지식을 소유하고 있는가?'
라는 질문이 훨씬 더 중요하다.
-새뮤얼 스마일스

공부는 본질적으로
내가 누구인지
알아가는 과정이다.

배움은 잘못을 반복하지 않게 하고
자신을 돌아보며 내면의 힘이 길러준다.

성공한 사람들은 자신만의 진정한 삶의 의미가 무엇인지
분명하게 깨닫는다.
그들은 모두 지속적인 배움을 갖고 있는데
마치 스펀지처럼 모든 경로를 통해
새로운 정보를 쉬지 않고 받아들인다.
배움을 통해 우연히 얻게 되는 아이디어 하나
혹은 통찰의 순간이
삶에서 매우 결정적인 역할을 한다는 것을 알기에
마치 배움에 모든 인생이 좌우되기라도 한다는 듯이
온 힘을 쏟는다.

실제로 배우는 것에 미래가 달려 있다.

공부하지 않으면
어제의 내가 생각한 사고의
틀 안에 갇혀 벗어나지 못하고
과거와 동일한 실수를
평생 되풀이할 뿐이다.

"

열심히
공부했는데
이 길이
아니면
어떻게 하죠?

"

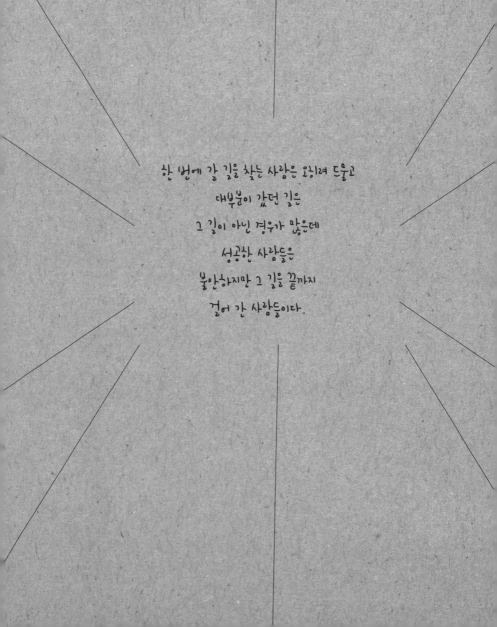

한 번에 갈 길을 찾는 사람은 오히려 드물고

대부분이 갔던 길은

그 길이 아닌 경우가 많은데

성공한 사람들은

불안하지만 그 길을 끝까지

걸어 간 사람들이다.

공부하라는 말이
스트레스로 다가올 수 있지만
일찍 깨닫지 않는다면
앞으로 정말 더 큰 스트레스를 받게 될지 모른다.

비행기가 하락할수록
더 큰 동력으로 끌어올려야만
원래 궤도로 돌아올 수 있듯
성적은 하락할수록
나중에 끌어올리기에 몇 배는 더 힘들다.

(37)
지금도 괜찮으니

성적은 왜 아직도 그 모양이고
공부는 왜 이렇게 안 하는지.

'시험기간에 하면 되지,
아직까진 좀 놀아도 괜찮아'

라는
이 근거 없는 자신만만함은
대체 어디서 자꾸 나오길래
이렇게 매번 날 힘들게 할까.

(38)
책을 읽으며

독서는 스스로를 제어하는 지혜를 길러준다.

책은 다양한 상황에서 내가 어떻게 행동해야 할지를 알려주고.
머릿속 부정적인 이야기를 멈추게 하고 두려움에서 벗어날 용기도 준다.

책은 주관이 뚜렷해지게 해줄 뿐 아니라 올바른 가치관까지 더해준다.

그러니
책을 읽을 수밖에.

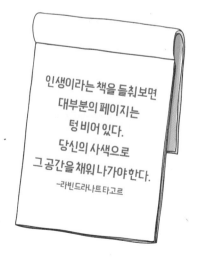

인생이라는 책을 들춰보면
대부분의 페이지는
텅 비어 있다.
당신의 사색으로
그 공간을 채워나가야 한다.
-라빈드라나트타고르

(39)
스토리를 부여하고

스터디 코드에 보면
공부를 잘하는 친구들의 공부량은
못하는 친구들보다 평균적으로 3배 더 많다고 해.

성적이 낮은 학생들도
'나도 공부하면 성적 잘 나와 안 해서 그렇지'라고 하는데
정말 공부 열심히 했다가 만약 성적이 안 나오면
내가 바보인 것을
정말 인정하게 될까봐 공부를 안 한다는 거야.

공부라는 행위가

내가 바보인 것을 증명할 수 있는 행위가 된다고 생각하니

더 하기 싫어지고

공부를 잘하는 학생들은 공부하는 행동이

내가 똑똑하다는 것을 증명하는 거니까

어려워도 참고 더 이겨낼 수 있는 힘이 생긴다는 거야.

재밌지 않아?

내가 하는 공부가

어차피 대학도 못 갈 일이라는 생각을 갖고 있으면

절대 하고 싶은 마음이 들지 않을 테니

공부에 자신만의 다른 스토리를 부여해주는 거야.

《오리지널스》라는 책에서는

세계에서 가장 유명한 부자들은

유년기에 대부분 말썽쟁이었다고 하던데

어릴 때 공부만 잘하는 사람은

체제에 순응적이어서 룰을 매우 잘 지키지만

비판적 사고는 낮아서

세상의 판을 뒤엎지는 못한다는 거야.

남들이 모두 당연하다고 하는 걸
당연하지 않다고 하는 사람이
결국 세상의 판을 바꾸는
게임 체인저가 된다는 스토리를
나에게 입혀보는 건 어떨까?
내가 세상의 판도를 뒤집어엎는
사람이 될 거라고 말야.

이렇게 스토리를 입히는 것에
누군가는 루저들이나 하는
'자기 합리화'라고 비난하겠지만
자기 삶을 스스로 위로하고
합리화하는 게 잘못된 거야?

바라보는 관점의 차이일 뿐이니
만약 가장 자신 있는 게 농구라면

인생이 농구코트라고 생각하고
자신감을 갖고 부딪쳐 보는 거야.

그까짓 거~!

"
다른 사람을
자신이 원하는 대로
만들 수 없다고
분노하지 마라
"

왜냐하면
당신도 당신이 원하는 대로
자신을 만들 수
없기 때문이다

-토마스 아켐피스

1단계:

2단계:

 현란한 손목스킬로 면발과 스프의 조화를 이끌어라!

3단계:

자신이 노력했을 때,
얻어지는 보람을 잊지 마라.
그 보람이 노력할 수 있는 열쇠다.

(40)
작은 성취를 이뤄 나가면

무언가 해야 할 일을 미루고 있을 때는
하루에 팔굽혀펴기 한 번 하기 같은 작은 목표를 세우고
얼른 팔굽혀펴기를 한번 하는 거야

그렇게 작은 목표 달성을 이어가면
매일 운동하고 있는 내 자신이 기특하고
다른 목표들도 점점 더 쉽게 느껴진대.

고흐는 심각한 정신질환을 앓았는데
자기 왼쪽 귀를 자를 정도로 일상생활이 불가능했고

2년 뒤엔 권총으로 자살까지 했어.

이런 상황에서조차 고흐는 늘
"위대한 성과는 소소한 일들이 모여 조금씩 이루어진 것이다"
라고 했대.

고흐는 그림을 그릴 때
소소한 부분이 모여 결과를 만든다고 생각해서
각각의 작은 피사체부터 집중해서
그림을 완성해 나갔는데
전체 구도를 잡고 밑그림을 먼저 그리던
일반적인 화가들의 방법과 정반대였지.
그래서 고흐의 대표작들을 보면
그림 속의 사물들이
일반적인 원근감을 갖고 있지 않다는 거야.
그런데도 모든 사물이
놀랄 만큼 안정적이고 조화롭지.

작은 것들에 집중해서 큰 그림을 만들어내는 고흐처럼
결과에만 너무 집착하기보다는
오늘 우리가 해야 할 작은 일들을 성취해 나가면서
무기력함을 극복해 나가보자.

슬럼프를 극복하게 될 거야

**야구 선수들은
자신감이 충만할 때는
야구공이 수박만 해 보이지만
'슬럼프'에 빠지면
좁쌀만 해 보인다고 해.**

그러니 경기가 잘 안 풀릴 수밖에.
그럴 때 절대 해서는 안 되는 일이
타인의 평가를 찾아보는 일이래.

비난하는 글을 보게 되면
오히려 더 위축되고 말거든.
우리도 이제
나에 대한 평가를 타인에게 맡기지 말자.

결과보다는 과정 속에서
내가 최선을 다했는지에 집중하고,
과정이 충실했다면
결과가 다소 나쁘더라도 연연해하지 말자.

실수하는 건 지극히 자연스러워.
그러니까 비난받는 것도 당연한 거야.

걱정 마!
금방 새살이 돋아나서
다시 자존감을 회복할 거야.
그러니 버티고 이겨내
그 무엇에도 흔들리지 않고
그 누구보다 떳떳한 사람이 되자.

지금까지 많이 고생했으니까
진심으로 네가 잘되었으면 좋겠어.
네가 하고 있는 일들 모두 잘 풀리기를,
결국에는 전부 보상받기를,
지금보다 더 행복해 지기를...

나 자신에 대한
자신감을 잃으면
온 세상이
나의 적이 된다.
-랠프 왈도 에머슨

(42)
만약에

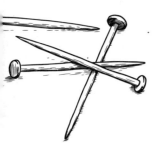

아, 나도 만약에 집이 부자였다면
비싼 과외를 받았다면
이렇게 성적이 형편없지는 않았을 텐데.

만약에 저 친구처럼 똑똑했다면
나도 조금만 공부하면 성적이 잘 나올 텐데.

언제까지 탓만 하고 있을래?

차라리 '만약에'를
끊임없이 나의 가능성에 대해
사용해보자고.

내가 만약에 좋은 성적을 얻으면
내가 만약에 좋은 성적으로 대학을 가면
내가 만약에 가고 싶은 회사에 들어가면
내가 만약에 하고 싶은 일들을 하며 성공한다면

이라고 말야.

그러면 남들이 하라는 대로 공부하는 것이 아니라
내가 필요하다고 생각하기 때문에 공부하게 되고
그 속에서 상당히 많은 것을 배울 거야.

(43)
두려움에 맞서

학생들과 함께 서울 마라톤 10km에 도전할 때
사실 걱정이 앞섰다.
혹시 아이들이 다치면 어떡하지?
완주하지 못해서 더 실망하면 어떡하지?

함께 대회를 준비하며 러닝머신에서 5km 뛰는 것도 힘들어하니
대회 날이 다가올수록 불안감은 더 커졌다.
하는 수 없이 나는 학생들에게 제안했다.
목표를 줄여 5km 대회로 변경하자고.

하지만 대답은 뜻밖이었다.
제한 시간 내에 들어오지 못해도
끝까지 해내고 싶다는 것이었다.

오히려 먼저 겁먹고 포기했던 내 자신이 부끄러웠다.

그렇게 우리는 대회 당일 10km 출발선에 섰다.
우렁찬 함성소리와 함께 출발했지만 헐떡거리는 숨소리 뒤로
고통도 함께 따라왔다.

끝나지 않을 것만 같던 반환점을 지나고
체력은 점점 고갈돼 갔지만
남은 거리는 계속 줄어들고 있었다.
서로를 격려하는 말 속에
무겁기만 한 발걸음도 가벼워지는 걸 느낄 수 있었다.

그렇게 모두 손을 꼭 붙잡고
결승선을 통과했을 때의
그 감동은 죽을 때까지
잊을 수 없으리라.

"선생님이 아니었다면 집에서 게임하고 있었을 텐데
이렇게 좋은 기회를 주셔서 감사합니다"라고
말해줬을 때 가슴 깊은 곳이 뜨거워졌다.

"선생님, 제가 해냈어요"

두려움을 극복한 지금
이 순간의 느낌을 영원히 간직했으면 좋겠다.

역시 두려움이란
이겨 냈을 때 가장 멋진 감동을 주는 감정이었다.

단순하고 자유롭게 생각하며
도전하는 과정 속에서
깊이 느끼고 배우며
남에게 필요한 사람이 되어가는
과정 하나하나가 모두 행복이라는 걸
우리 모두 깨달았다.

(44)
거침없이 시작하면

사람이 죽기 전에 가장 많이 후회하는 건
'쓸데없이 너무 많이 걱정했던 일'이래.

우리는 뭔가 시도할 때
새로운 걱정거리를 만드는 데
너무나 많은 시간을 낭비하는 것 같아.

더 큰 문제는
그 걱정에 쓸데없는 고민들을 첨가하여
문제를 점점 부풀린다는 거야.

"일이 잘못되면 어떻게 하지?"
"실패로 끝나면 어쩌지?"

생각이 점점 많아지니
고민도 점점 많아지다가
결국 두려워서 그냥 포기하게 되지.

그럴 땐 시작하는 시점을 앞당길수록
더 크게 성공할 수 있다는 걸 기억하자.

달리기에서 남들보다 먼저 출발하면,
당연히 먼저 출발한 사람이 이길 수밖에 없어.
하지만 부정출발(False start)로 실격 처리를 당하지.

하지만 현실에서는
그 엄청난 이득이 허용될 뿐 아니라
오히려 대단하다고 칭찬을 받아.
조련사의 칭찬 하나에
3톤이 넘는 범고래가
열정적인 쇼를 하는 것처럼
그 칭찬이 너의 실천의 원동력이 되는 거야.

그러니
쓸데없이 너무 많이 걱정만 하다가
후회하기보다
남들보다 더 빨리, 먼저, 시도하는 게 최고야.

오늘 하지 않은 것은 앞으로도 하지 않을 가능성이 90퍼센트래.

그렇게 힘든 가능성을 뚫고 나중에 한다 해도
늦게 할수록
노력에 대한 보상은 몇 배 작아져 있더라고.

그러니 이왕이면 같은 노력으로
남들보다 일찍
수많은 기회들을 잡아보자.

지금 있는 곳에서
자기가 가진 것으로
할 수 있는 일을 하자.

지금 고생하는 게

'제일 적은 고생으로 가장 쉽게 얻을 수 있는 길'이니까.

"

언제나 너를 응원하는
부모님이 계시다는 걸

"

(45)
목표를 정하고

학생들에게
하루에 공부를 몇 시간이나 하는 게 적당한지
스스로 정해보라고 물었더니
하루에 1시간 혹은 2시간 이라고 답하더라
그런 다음 그 정도 시험 목표점수를 물어보면
공부량으로는 이룰 수 없는 목표였어.
원하는 결과를 얻기 위해서는
반드시 그에 걸맞은
노력이 필요한데 말이지.

만약 네가 상상할 수 없는 꿈을 꾸고 있다면
상상할 수 없는 노력을 해야 하고
누구도 해낸 적이 없는 성취를 하기 위해서는
누구도 시도한 적 없는 방법을 써야 해.

갖고 싶은 건 많으면서 노력하지 않으면
평생 괴로운 삶을 살게 될 거야.
마치 자판기에 900원을 넣고
천 원짜리 음료수 버튼을 누르며
왜 나오지 않느냐고 계속 화를 내는 사람처럼 말이야.

매번 공부한다고 들어가서는 게임을 하고,
독서실을 끊어 놓고 가지 않는 날이 더 많은데
'행동'을 원하는 게 아니라
행동으로 얻는 '결과'를 원하기 때문이야.
즉 공부를 하고 싶은 게 아니라
공부를 해서 나오는 좋은 점수를 바라고
헬스장에 가서 운동하고 싶은 게 아니라
가서 운동을 했을 때 살이 빠지거나 근육이 생기는 결과를 원하는 거지.

얻고 싶은 결과에 비해 노력은 적고 결과는 계속 바라니까
'나는 안 돼'라는 결론에 이른다는 거야.

마치 음식에 소금을 넣으면 간이 맞아 맛있게 먹을 수 있지만
소금에 음식을 넣으면 도저히 먹을 수 없는 것처럼

결과에 맞는 노력을 꾸준히 한다면 꿈을 이루게 되지만
그게 무너지는 순간 그건 꿈이 아니라 뻥이 되는 거야.

나도 항상 다른 친구들의 결과물을 부러워 했었어.

'이렇게 문제를 잘 풀다니'
'나도 저렇게 운동을 잘하고 싶다'
'나도 저렇게 돼야지. 나도 저 정도는 할 수 있어'

그렇게 동경하는 친구들을 흉내 내 여러 시도를 해봤지만
오래가지는 못 했어. 당연하지.
그들이 몇 년, 길게는 몇 십 년 걸려 만들어낸 결과를
바로 얻으려 했으니 잘될 리가 없지
마음은 항상 조급했고, 빨리 결과가 나오지 않으니
'난 재능이 없나 봐'라는 생각으로
쉽게 포기하기 일쑤였지.

무언가를 하면서 결과를 전혀 기대하지 않는다는 건
불가능할지도 모르지만

과정 그 자체로도 충분히 재미있다는 사실을 알았다면
쉽게 지치지 않았을 것 같아.

내가 부러워했던 사람들은 과정 자체를 즐기는 사람들이 아니었을까?

나는 항상 과정은 건너뛰고 결과를 바로 얻고 싶어 했지만
 그런 일은 일어나지 않았어.
과정 없인 결과도 없으니까.
그리고 결과만을 바라보고 달려가면 과정이 괴롭고 힘들지.
꼭 좋은 결과가 온다는 보장도 없고.

똑같은 일을 해도 어떤 사람은 힘들다고 생각하고
어떤 사람은 재미있다고 생각하는데
취향이나 성격의 차이일 수도 있지만
그 사람이 그 일을 대하는 태도 때문일 수도 있다는 생각이 들어.

(46)
견뎌야 할 때는 견디게 되어

나무가 열매를 맺기 전에
반드시 먼저 깊이 뿌리내리듯
건물을 높이 올리려면
반대로 땅을 깊게 파야 하듯
참고 노력해야 하는 시간은 반드시 필요하다.

지금은 왜 이렇게 힘들게 공부해야 하는지 모르지만
훗날 지금의 공부는 나에게 감사한 일이 된다.

비로소 알게 된다,
지금껏 쓸모없다고 생각했던 많은 노력이 하나도 버릴 게 없었다는 것을.

비로소 알게 되겠지
결승선을 통과하게 되는 날에...

사막 마라톤을 했을 때
몸이 산산조각 나는 것 같고 발이 부서지는 것만 같았다.
탈수 증세까지 겹쳐 완전히 한계점까지 갔다.
그때마다
'왜 이렇게 극심한 고통을 참아야 하는 걸까?' 생각했다.
하지만 결과는
그 이유를 보란 듯 증명해줬다.

사막 마라톤을 다녀오고
다른 일들을 더 잘 해낼 수 있게 되었는데
다른 사람과 경쟁해서 이길 수 있다는
자신감 때문이 아니라
스스로 요구되는 한계를 뛰어넘어본 경험이
내가 시도도 하지 않았을,
그런 도전도 기꺼이 하게 만들었기 때문이다.

나에게는 사막에서의 경험이
10억 원을 줘도 바꾸지 않을
소중한 자산이 되었고
인생에는 돈보다
경험이 더 소중하다는 걸 깨닫게 해주었다.

외제차를 샀을 땐 딱 3년 정도 자랑할 수 있었는데
직접 사막에서 한계를 깨부쉈던 경험은 평생 자랑할 수 있게 되었다.
마라톤은 지름길이 없고 단시간에 성취할 수도 없다.
포기하고 싶은 순간을
수도 없이 마주치지만 견디고 버티다 보면
결국 결승선이 온다는 게 진짜 짜릿했다.

비범함은 매일매일의 평범함에서 나온다고 말한다.
성공한 사람들은
무언가를 이뤄 내는 데 가장 중요한 것은
생각만 해도 흥분되는 어떤 게 아니라
반복적인 훈련 같은
매력적이지 않고 지루한 일들이라는 사실을 안다.

손흥민 선수는 슈팅 능력이 타고났다고 사람들이 말하면
그건 전혀 사실이 아니라고 대꾸한다.
오히려 '매일 천 번씩 같은 골대를 향해 왼발 500번,
오른발 500번 슈팅연습을 했기 때문'이라고.

가수 비는 본인이 정상의 자리에 있는 이유가
재능이 아니라
나보다 더 많이 노력한 사람이 없기 때문이라고 했다.

김연아 선수에게 훈련할 때 무슨 생각을 하느냐고 물었더니
이런 답을 했다.
"무슨 생각을 합니까, 그냥 하는 거지"라고.

수영 황제 마이클 펠프스는
"오늘이 무슨 요일인지, 날짜인지도 모르고 그냥 수영만 한다"고 했다.

학생의 성적이 반드시 오른다고 장담하진 못해도
성적이 오를 거라고 확신하며 말해 줄 때가 있는데
남이 무서워할 만큼 열심히 하는 순간이다.
교사가 보기에 무서울 정도로 열심히 하는 학생은
장담하건대 반드시 성공할 것이다.

에드 코언이라는 보디빌더는
매일 정해진 시간에 하루도 거르지 않고 운동을 했더니
아버지가 "네가 운동하는 시간에는 절대 죽지 않을 거야.
네가 장례식에 참석하지 않을 테니까"라고 말할 정도였다.

우리는 흔히 위대함의 경지에 도달하려면
비범하고 탁월해야 한다고 생각하지만
진정 위대한 경지는 본질에 충실한 것이고,
도를 깨우치기 위해서 필요한 것은
수염을 기르고 산속에 들어가는 게 아니라
하루의 삶에서 스스로를 지키고 근본에 충실하는 것이다.

멋진 도자기를 볼 때 사람들은 감탄하지만
그 아름다움 속에는 단 하나의 작품을 세상에 내놓기 위해
수만 개의 도자기를 만들고 깨부수면서 쏟은
도공의 눈물과 땀방울이 숨어 있다.

쉽게 이루어진 것 같은 평범함 속에는
무수한 어려움을 거쳐 형성된 비범함이 늘 숨어 있기 마련이다.
물방울이 끊임없이 떨어져 결국 돌을 뚫어버리는 것처럼.

그러니 즐길 수 있을 때는 즐기되
반드시 해야 할 때는 인내하는 것도
인생에 꼭 필요한 것 같다.
절실히 노력하고 끊임없이 바라는 모두에게
언젠가 한 번은 꼭 반짝일 기회가 주어지니까.

(47)
넘어져도 다시 일어날 수 있어

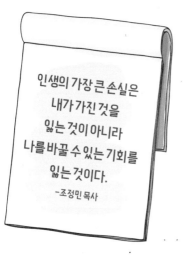

인생의 가장 큰 손실은
내가 가진 것을
잃는 것이 아니라
나를 바꿀 수 있는 기회를
잃는 것이다.
-조정민 목사

계획을 지키려고 노력하는 와중에
자기도 모르게 옛 습관으로 돌아가 있는 자신을 발견하게 돼.
공부하려고 마음먹고 책을 펼치면 몇 분이 몇 시간처럼 느껴지고
잠깐 유튜브 본 건데 두세 시간이 훌쩍 지나 있는 기적 같은 일들.

아, 나는 왜 이렇게 의지력이 부족할까.

시간 하나 통제하지 못했다는 스트레스에
다시 또 유튜브를 보게 되고 악순환이 시작되지.

이때 초점을 맞춰야 하는 것은 '완벽'이 아니라 '작은 성장'이고
한 번에 한 걸음씩 내디디려는 마음을 갖는 거야.
어떤 습관이든 단칼에 끊어 버릴 수 있으리라 기대하지 말고
그때그때 용기 있는 선택을 하며 조금씩 벗어나면 되는 거야.

계획을 지키지 못했다고
기운도 펴지 못하게
너무 자신을 몰아붙이지는 말자.

학문과 수양에서 최고의 경지에 다다른 공자조차도
'잘못을 고치지 못하는 것이 나의 걱정거리다'라고 말했으니까.
일생 동안 우리는 자신을 격려하는 법을 연습해야 해.

평생 어디를 가든

자기 스스로가 기댈 수 있는 가장 큰 산이어야 하니까.

돌이킬 수 없는 일들을 붙잡고 후회하느라
정작 지금 할 수 있는 일조차 해결하지 못한다면
그게 인생의 가장 큰 손실이 아닐까?

옷에만 단추가 있는 게 아니라
우리가 했던 일들 속에서도 잘못 끼운 단추가 많은데
첫 단추를 잘못 끼웠다고 단추가 다 사라지는 것은 아니야.
그냥 다시 풀었다가 끼우면 되는 거야.

이제는 헛되이 보낸 시간을 되돌려야만 해.
손실을 만회하는 방법은 다시 시작하는 일밖에 없으니
딴짓을 하는 상황을 피하는 거야.
마치 펄펄 끓는 물에 손을 넣은 듯
재빨리 그 자리를 벗어나고
해야 할 일들 중 가장 쉬운 일부터 바로 시작하자.

계획을 지키지 못했을 땐
지나버린 계획표에 유튜브 보기,
게임하기라고 바꿔 쓰고
'오히려 계획을 잘 지키고 있구나!'라며
나를 격려해주자.

지금부터라도 남은 시간을 잘 보낼 수 있도록.

온갖 방법을 써서 내 기운을 끌어올려 보자고~.

그렇게 얻은 힘으로
다시 열심히 할 수 있도록
큰소리로
'하!'
기합 넣고 시작해보자.

(48)
순간의 쾌락을 멀리하고

사람은 '쾌락'중심적이어서
공부해야 하는 것을 알면서도,
공부할 때 느끼는 쾌락보다 누워 있을 때 쾌락이 크면
바로 눕게 된다는 거야.

우리의 행동을 변화시키기 위해서는
더 큰 쾌락이 필요한데

주말 아침에 더 자고 싶지만
여자친구와 데이트가 있다거나
반드시 게임에 접속해야 한다면 벌떡 일어나게 되지.

혹은 불쾌감을 이용해서 행동을 변화시키는 방법도 있어.
아무리 더 자고 싶어도
소변이 마려운 불쾌감이 너무 커서 괴로움을 느낀다면
너는 이불을 박차고 화장실로 달려갈 거야.

시험 전날 혹은 당일에 게임을 하고 싶지만 공부를 하게 되는 이유는
공부가 주는 쾌락이 작음에도 불구하고
당장 시험을 못 봤을 때 받게 될 불쾌감이
훨씬 더 크게 다가오기 때문이지.
나는 그래서 불쾌감을 자주 이용하는데
게임에 너무 빠지니까 오히려 스트레스만 더 쌓이고
내가 원하는 꿈이 자꾸 멀어지는 거야.
그래서 게임을 끊기 위해 친구들에게 약속했어,
"내가 PC방에 가면 너희들에게 10만 원씩 주겠다"고.
결국 한 번 어겨서 친구들에게 10만 원씩 줬지만
그 불쾌감 때문에 지금은 PC방을 완전히 끊게 되었어.

한때 유행했던 카르페디엠은 라틴어로
'지금 이 순간을 즐겨라'라는 말인데
지금 그냥 놀고먹으라는 삶의 방식을 뜻하지는 않아.

게임에서 느끼는 단순한 쾌감보다도
한 단계 위에 있는
자아실현을 통해 행복감은 최고가 된다는 거지.

본능적인 쾌감도 소중하지만
더 나아가 무언가를 이루었을 때 느끼는 성취감이
최고의 행복감을 안겨주지.

삶의 목적을 향해
끊임없이 도전하며 하나씩 성취할 때
자신의 가치는 높아지고
자존감은 하늘을 찌르게 되는데
그 상태가 되면 행복감은 극에 달해.

자신의 큰 뜻과 목표를 이루기 위해
사소한 쾌락을 포기할 수 있는 용기를 갖자.

게임도 좋지만

"

공부는 더 좋다
왜냐면 공부는 나를
더 멋진 사람으로 만드는
'미래의 밥'이니까.

"

"

부모님,
선생님,
친구야~
그리고
나 자신인

너!

"

"

감사합니다.
감사합니다.
고마워~

고맙다~

"

(49)

결단하고

우리가 첫 번째로 할 일은
'해야 할 일 목록'을 만드는 것이 아니라
'하지 않아도 될 일 목록'을 만드는 거야.

필요하지 않은 시간을 먼저
과감하게 정리해야 하는데
마치 조각가가 어떤 형상을 조각할 때
필요 없는 부분을 먼저 제거하는 것과 같아.

✳

'결단'이란
결정적인 판단을 내린다는 뜻이고
'단'은 끊어 내는 것을 뜻해.
우리가 목표를 달성하기 위해
어디까지 포기할 수 있는지가
결국
그 목표를 달성할 수 있는지 알려주는
지표가 되는 거야.

하지 말아야 하는 일이 강하게 유혹할 때
지혜로운 사람은 행동으로 말을 증명하고
어리석은 사람은 말로 행동을 변명하지.

월드컵에서 우승할 확률이 가장 높은 팀은
수비가 탄탄한 팀인 것처럼
하지 말아야 할 일은 방어적으로 대처하고
나쁜 중독은 끊어내자.

이것만큼은 내가 포기할 수 없다고 할 만큼
나만의 간절한 목표를 찾아보는 것은 어떨까?
무엇이든 절박한 마음으로 치열하게 도전하면
때로는 그 간절함이 기적을 만들어내기도 하니까.

그렇게 간절히 원하는 것에 초점을 맞추면
원치 않는 것들이 눈앞에서 사라질 거야.

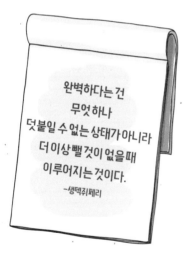

완벽하다는 건
무엇 하나
덧붙일 수 없는 상태가 아니라
더 이상 뺄 것이 없을 때
이루어지는 것이다.
-생텍쥐페리

(50)
보람 있게 살자

나쁜 습관을 어떻게 극복할까 고민하다가 만든 실행공식

[실행 공식]
쾌락+(보람)² = 실행 점수

*쾌락과 보람은 0~10점까지

공부하는 행동이 주는 쾌락이 0이고
하고 난 뒤 느끼는 보람이 9점이라면,
실행 점수는 81점.

게임할 때 얻는 쾌락이 10이고
하고 난 뒤 느끼는 보람이 1점이라면,
실행 점수는 11점.

70점 이상은 반드시 해야 하는 일,
30점 밑은 해서는 안 되는 일.

점수보다 돈으로 하는 게 더 와닿으니까
숫자 뒤에 만 원을 붙이면
공부하는 건 81만 원,
게임하는 건 11만 원.

선택의 기로에 있을 때마다 더 높은 금액을 선택하고
하루마다 9백만 원씩 모으기를 시도해보니
그 재미가 대박!

"우리는 우리가 행복해지려고 마음먹은 만큼 행복해질 수 있다"고
링컨은 말했다.
행복은 대단하지 않다.
마음먹기에 따라 달라지는 거니까.

자신이 스스로 마음먹은 대로 행동하고
만족한다면 그게 행복이다.

링컨 아저씨!
멋져부러~~

스스로 몇 점 이하는 하지 말아야 할 행동인지
몇 점 이상은 꼭 해야 하는 행동인지 시도해본 뒤,
나만의 기준을 세우고 지켜보자
그리고
점수에 만 원을 붙여서 하루 얼마를 모았는지 체크해보자.

다만 주의해야 할 점은 반드시 해야 하는 일 이전에
쾌락이 높은 것을 먼저 해서는 안 된다는 거야.
게임하던 중에 공부로 넘어가는 일은
아무것도 하지 않다가 공부하는 일보다 몇 배는 더 힘드니까.

쾌락의 유혹이 너무 강력하다면,
차라리 해야 할 일을 마친 뒤 나에게 주는 보상으로 미뤄 놓자.

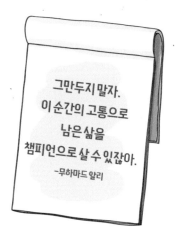

그만두지 말자.
이 순간의 고통으로
남은 삶을
챔피언으로 살 수 있잖아.
-무하마드 알리

(51)
내가 원하는 삶

하루를 억지로 사는 사람

하루를 그냥 시간이 흘러가는 대로 사는 사람

하루를 계획하고 지키지 못하는 사람

하루를 계획하고 그대로 지키는 사람

나는
어떤 사람일까?

(52)
포기하지 않으면

사람이
모든 동물 중에 뛰어난 이유는
실패를 통해 배우기 때문이래.

싸움에서 진 투견은
이길 수 없다는 패배 의식 때문에
상대 투견의 눈도 제대로 마주치지 못해서
그대로 은퇴시킨대.

하지만
사람은 격투기 시합에서 패배해도
연습을 통해 약점을 보완한 뒤
재결투에서 승리를 따내기도 하지.

시험 끝나고 답을 맞추다 보면 우는 아이들이 있는데
그 마음을 이해하지 못하는 건 아니지만
시험 문제를 틀리는 건 누구나 하는 실수야.

세상은 한 문제만 틀려도 등급이 바뀌고,
입학할 수 있는 대학이 바뀌고,
들어갈 수 있는 회사, 심지어 배우자까지 바뀐다고 하면서 겁을 주면서
단순한 실수를 인생의 실패로까지 포장해버리는 경우가 많지만
그런 엄청난 비약으로 지레 겁먹고 포기하지 않았으면 좋겠어.

실패는 끝이 아니라 단지 성장하는 과정일 뿐이니까.

실수했다는 사실을
인정하지 않는다고 결과가 바뀌지도 않을뿐더러
깨끗하게 받아들여야 마음이 편해지고
다음에 어떻게 해야 할지 보이게 되니까.

바꿀 수 없는 것을 인정하고 결과로부터 배우는 게 더 좋지,
실수는 바로잡으면 그만이니까.

나는 육군사관학교를 위해 그렇게 열심히 공부했는데 떨어지고
중앙대도 꿈꿨는데 떨어졌어.

그땐 정말 내 인생이 끝난 것 같았는데
그 사건이 나를 더 강하게 만들어줬고
지금 돌아보면 오히려 그 일이 있어서 다행이라고 생각해.

꿈은 내 삶을 행복하게 해 주는 도구이지 내가 꿈의 노예는 아니니까
꿈이 좌절되었다고 내 인생이 통째로 망하는 건 아니야.

이란에서는 아름다운 문양으로 정성을 다해 짠 카펫에
의도적으로 흠을 하나 남겨 놓는다고 해.
'페르시아의 흠'이라고 하지.
또 인디언들은 구슬로 목걸이를 만들 때
'영혼의 구슬'이라고 하는 살짝 깨진 구슬을 하나
꿰어 놓는다고 해.

아주 완벽한 것보다는
조금의 빈틈이 오히려 사랑받을 수 있다는
생각 때문이지.

해리포터의 작가 J.K롤링은
"한 번도 실패하지 않은, 그런 삶 같지 않은 삶은
그 자체로 실패다"라고 했어.

정말 열심히 노력한 것 중에 그냥 버려지는 것은 없으니
'실수'보다 '실수를 통해 배움이 없는 것'을 두려워하자.

현재 날 가로막는 일들은
앞으로 꽃을 피우기 위해 씨를 심는 일이니까
반드시 너는 꽃을 피우고 열매를 맺게 될 거야.

"Failures define us,
and ultimately lead us to our own success
(실패는 우리가 누구인지 밝혀주며,
우리 자신의 궁극적인 성공으로 이끈다)."

"

수고했어~

"

오늘도~~

(53)
반드시 올 테니

어떤 일은 우리에게
자신감을 주기도 하고 가르침을 주기도 하며
어떤 일은 우리에게
행복을 주기도 하고 고통을 주기도 하지.

기대에 부응하지 못해 불안하거나
선택의 기로 앞에서 갈팡질팡할 때에도
모든 일은
늘 우리를 앞으로 밀고 있다는 사실에는 변함이 없어.

실수는
노력하고 있다는 증거고,
비난은
내가 다른 사람 비위를 맞추고 있지 않다는 증거고,
고난은
내가 안주하고 있지 않다는 증거니까

희망을 갖고,
너의 두려움과 한계를 조금씩 깨어 나가
후회 없이 알록달록한 너만의 삶을 살아 나가기를,

그 삶 속에서 주어진 모든 것에 감사하기를,

진짜
네가
잘되기를...

진짜 진짜 내가 잘되기를…

✽

진짜 진짜 내가 행복하기를...

이 순간 보고 싶은 사람은?

1.
2.
3.

어떻게 하면 더 좋은 하루를 보낼 수 있을까?

1.
2.
3.

나에게 힘이 되는 한마디는?

1.
2.
3.

무엇을 했더라면 오늘 하루가 더 만족스러웠을까?

1.
2.
3.

오늘 나는 무엇을 배웠나?

1.
2.
3.

지금 걱정은?

1.
2.
3.

내가 지금 가장 원하는 건?

1.
2.
3.

1단계:

목표 적기-'성적을 올리고 싶다'와 같은 장기 목표를 현실적으로 적기

2단계:

그 목표가 나에게 중요한 이유 적기

3단계:

목표를 달성하면 인생이 어떻게 달라질지 적기

4단계:

이번 달 목표 적기

5단계:
목표를 좀 더 구체적인 실천사항으로 나누기

6단계:
목표를 이루려면 포기해야 하는 일들 적기

7단계:
각오 적기

지금 하고 있는 가장 큰 걱정은? _____

_____

이런 생각이 든 이유는? _____

_____

예측 적어 보기 _____

_____

예측을 뒷받침하는 증거 _____

_____

예측을 부정하는 증거 _____

_____

실제로 일어날 가능성 _____

_____

힘내, 17살

초판 1쇄 발행 2020년 1월 20일
초판 2쇄 발행 2020년 5월 25일

지은이   오충용
발행인   김승호
펴낸곳   스노우폭스북스
편집인   서진

마케팅   구본건 김정현
영업   이동진
디자인   강희연
일러스트   백지은

주소   경기도 파주시 광인사길 209, 202호
대표번호   031-927-9965
팩스   070-7589-0721
전자우편   edit@sfbooks.co.kr
출판신고   2015년 8월 7일 제406-2015-000159

ISBN   979-11-88331-80-2 03810